LA COMTE DE PEMBROKE

LA LIGUE DES REBELLES

TOME SEPT

LAUREN SMITH

TRADUCTION PAR
ANGELIQUE MOREAU

TRADUCTION PAR
VALENTIN TRANSLATIONS

Titre original : The Earl of Pembroke – Copyright Lauren Smith

Traduit de l'anglais (États-Unis) par Valentin Translation - Copyright 2023

ISBN: 978-1-960374-84-4 (version e-book)

ISBN: 978-1-960374-85-1 (version papier)

1

Le jour, Londres était une ville animée. Les calèches filaient sur les rues pavées et des femmes vendaient des fleurs dans des paniers au parfum entêtant tandis que les foules parcouraient les boutiques et rendaient visite à des amis. Mais quand l'obscurité retombait, les ombres jouaient des tours aux yeux des gens assez imbéciles pour parcourir les rues après le coucher du soleil.

Et je compte au nombre de ces imbéciles.

Gillian Beaumont observa l'allée la plus proche. Elle déglutissait difficilement et retenait un cri de terreur chaque fois qu'elle pensait apercevoir dans l'allée quelque chose qui battait comme des ailes de chauve-souris. La calèche qu'elle avait prise jusqu'au quartier de Temple Bar était déjà partie, la laissant seule. Les feuilles du début de l'automne étaient éparpillées par terre, s'accrochant à ses jupes comme des araignées brunes, la faisant sursauter. Elle saisit sa robe sous les genoux et secoua le tissu, essayant de déloger les feuilles séchées de sa robe en satin violet foncé. Puis elle observa les alentours. Elle se tenait dans la rue proche de la cour de Justice et l'entrée du salon de thé Twinings.

À travers l'obscurité pesante, elle apercevait le signe doré qui disait *Twinings* et discernait à peine les deux Chinois sculptés dans la pierre au-dessus du nom du salon. Dans les ombres, leurs visages semblaient féroces et Gillian détourna le regard, braquant son attention sur la grande forme noire de la statue d'un griffon. Les ombres qui jouaient des tours à ses yeux la faisaient plutôt ressembler à un dragon.

Elle aurait largement préféré être de retour dans son lit chaud. Endormie. Endormie... et rêvant d'un homme en particulier ainsi que des baisers volés qu'ils avaient échangés et qui continuaient de s'imposer à sa conscience.

James Fordyce. Le comte de Pembroke était un gentleman fringant au cœur d'or et il possédait les yeux bruns les plus chaleureux qu'elle avait jamais vus. Elle sentait toujours ses mains qui s'enfonçaient dans ses cheveux sombres alors qu'il l'embrassait dans le coin d'une librairie et lui murmurait de la poésie. Il était tout ce dont elle avait rêvé sans jamais pouvoir le posséder. Elle était une servante et ne pourrait jamais être davantage. Une douleur dans sa poitrine lui coupa le souffle, mais elle carra les épaules pour la repousser, chose qu'on l'avait entraînée à faire pendant de nombreuses années.

Aussi dangereux que ce soit de rêver de James pour son équilibre personnel, c'était bien plus sûr que ce qu'elle faisait actuellement : poursuivre sa maîtresse sauvage et entêtée, Audrey Sheridan.

Cette nuit-là, Audrey tentait de dévoiler au grand jour un groupe de vauriens qui appartenaient à un club privé connu sous le nom des Pécheurs impies de l'enfer. Quel nom horrible pour un horrible groupe de gentlemen ! En tant que suivante personnelle, les devoirs de Gillian auraient dû se limiter à des tâches comme habiller Audrey, la préparer pour la journée et trouver de nouvelles façons de la coiffer. Elle n'aurait *pas* dû se balader sur le Strand après la nuit tombée avec un masque noir et une robe de soirée violet foncé au corsage terriblement décolleté, à la recherche d'un groupe d'hommes dangereux qui, selon la rumeur, séduisaient des vierges et dédiaient des sacrifices au diable.

— Seigneur, Audrey, dans quoi vous êtes-vous fourrée ? marmonna Gillian.

Elle examina rapidement les adresses des bâtiments environnants. Elle se remémora l'adresse sur une lettre qu'Audrey lui avait montrée plus tôt dans la matinée et qui indiquait comment se rendre au club.

La lettre disait que le club était à l'intérieur d'un grand immeuble blanc, à deux portes du salon de thé Twinings. Le heurtoir était un visage de gargouille en fer qui grimaçait à tous les visiteurs. Quand elle atteignit le bâtiment insignifiant qui était censé accueillir le repère d'adorateurs de Satan, Gillian étudia la porte. Son cœur s'arrêta de battre pendant un instant alors que sa nervosité menaçait de la clouer sur place.

Elle n'avait plus d'autre choix que d'entrer. Audrey, sa maîtresse rebelle, était également son amie. Plus tôt dans la soirée, elle avait promis à Gillian qu'elle ne se rendrait pas dans cet endroit. Pourtant, quand Gillian s'était réveillée et avait découvert l'absence d'Audrey, elle avait deviné où la jeune femme s'était rendue.

Elle m'a menti. Elle a probablement eu l'idée absurde qu'elle me protège, mais ce n'est pas le cas.

Gillian se serait précipitée dans les feux de l'enfer pour protéger sa maîtresse. Elles avaient le même âge – dix-neuf ans seulement – et dans une autre vie, elles auraient même pu être amies proches. Elles seraient allées prendre le thé à Gunter et auraient assisté à des bals ensemble.

Dans une autre vie... Si elle était née héritière du domaine de son défunt père au lieu d'être la fille d'une des maîtresses d'un comte.

Adam, son demi-frère, était à présent le comte de Morrey, et sa demi-sœur Caroline ne savait même pas qu'elle existait. L'ancien comte de Morrey avait pris la peine de loger sa maîtresse de toujours, la mère de Gillian, dans une jolie maison de Mayfair, et il avait même pris en charge l'éducation de Gillian. Pourtant, même avec ce soutien, son avenir avait été limité.

Gillian leva une main gantée vers la gargouille grotesque et toqua avec le heurtoir à deux reprises. Elle patienta sans respirer, tout en tremblant en songeant à la nature des hommes qui étaient à l'intérieur. Quand la porte s'ouvrit enfin, un majordome au visage sombre la dévisagea des pieds à la tête avant d'afficher un sourire carnassier.

— C'est un peu tard, mais peu importe. Ce soir, ils ont beaucoup d'énergie pour voir *toutes* les femmes.

Il lui fit signe d'entrer. Gillian hésita avant de s'avancer d'un pas prudent. Elle eut la chair de poule quand le majordome s'approcha de trop près, l'enfermant à l'intérieur. Elle essaya de ne pas songer à ce que son accueil impliquait.

— Par là.

Le majordome la guida le long du couloir vers une chambre et il lui ouvrit la porte pour qu'elle entre. Le salon – si on pouvait l'appeler de la sorte – était décoré bizarrement avec des meubles en brocart noir et ses murs de satin rouge. Ces hommes douteux essayaient certainement de créer une atmosphère impie et séduisante, mais au lieu d'être de bon goût, c'était plutôt vulgaire. Pourtant, ils étaient clairement prêts à recevoir des invités. Un feu était allumé et un plateau à thé était posé sur la table.

— Fraîchement préparé, lui assura le majordome. Servez-vous. Quand ils seront prêts, on viendra vous chercher.

Gillian murmura un remerciement et s'installa sur le

canapé. Elle leva à nouveau la main pour s'assurer que le masque n'avait pas glissé. Il était toujours bien attaché sur ses traits.

Où était Audrey ?

Selon les autres serviteurs de la maison Sheridan, elle était partie une demi-heure avant que Gillian se réveille. Avait-elle requis l'escorte protectrice de Charles Humphrey comme elle avait dit en avoir l'intention ? Gillian l'espérait de tout son cœur. Sans quoi Audrey courait un risque immense. Le comte de Lonsdale était un gentleman éminemment fiable, mais il possédait une réputation de rebelle qui lui garantirait l'entrée dans ce club.

Plus tôt dans la journée, Gillian et Audrey avaient été prévenues par un homme de leur connaissance de ne pas se rendre au Hellfire club ce soir-là. Un de ses membres, Gérard Langley, avait juré de se venger d'Audrey, ou plutôt de Madame Société, l'identité secrète de cette dernière comme rédactrice d'une chronique de société. Elle avait détruit sa réputation. Ses remarques dans la rubrique de Madame Société avaient été exactes et honnêtes, mais l'ostracisme de toute la bonne société avait rendu désespérée l'envie de Langley de prendre sa revanche.

Heureusement, il ne savait pas qu'Audrey était Madame Société, ce qui représentait au moins une petite bénédiction. Audrey et Gillian avaient pourtant été prévenues que Langley attirerait Madame Société dans son repaire diabolique par la menace de débaucher des vierges contre leur gré – entre autres –, et Audrey n'était pas du genre à tourner le dos à un défi. Heureusement, elles avaient eu un plan dont elles avaient décidé plus tôt dans la matinée. Elles devaient prendre contact avec plusieurs femmes membres de ce ridicule club clandestin et changer de place avec elles moyennant une rémunération conséquente. Pourtant, après les aventures de la journée et les dangers qu'avait affrontés Gillian quand un homme l'avait attaquée – un homme qu'elle soupçonnait de collaborer avec Gérald Langley –, Audrey avait promis d'abandonner ses intentions de se rendre au club ce soir-là. Pourtant, quand Gillian s'était réveillée après sa sieste, elle avait découvert que sa maîtresse était partie. Audrey avait-elle contacté une de ces femmes ? Visiblement, oui.

Sentant l'inquiétude croître au creux de son ventre, Gillian se redressa et fit les cent pas dans la pièce. Elle n'aimait pas se retrouver seule et encore moins ne pas savoir où se trouvait Audrey. Elles étaient censées être là ensemble, affronter les dangers de ce club côte à côte. Elle se mordit légèrement la lèvre et au bout d'un moment, décida de prendre une petite tasse de thé. Elle prépara rapidement une tasse et la but, espérant apaiser sa nervosité. Puis elle la reposa, détestant l'amertume et regrettant l'absence de sucre. Il n'y avait même pas de pichet de lait. Seuls de véritables diables serviraient du thé sans lait ou sucre !

Gillian était incapable d'ignorer la chaleur étouffante du feu. La maison était silencieuse, à part les aboiements de rire occasionnels d'un homme dans une autre pièce. Chaque fois qu'elle entendait ce son, elle se crispait.

Une partie du mur se détacha soudain, se révélant être une porte. Il en émergea une silhouette vêtue d'un pantalon noir, d'une chemise blanche et d'un gilet noir. Il portait un masque de même couleur qui présentait les contours délicats d'un visage de diable peint en rouge sur fond noir.

— Bonsoir, ma chère, ronronna cet homme en lui tendant une main.

Ses longs doigts étaient blancs et étrangement menaçants.

Gillian déglutit.

— Mon amie et moi étions censées venir ensemble. Elle devait porter une robe rouge. Est-elle déjà là ?

— Ah...

L'homme plissa les lèvres.

— La femme à la robe rouge. Elle est là. Elle vous attend.

Le masque ne faisait pas grand-chose pour dissimuler la cruauté dans ses yeux et elle frémit.

— Elle m'attend ?

Gillian aurait voulu avoir ne serait-ce qu'une petite indication de ce qui allait arriver, mais elle n'avait rien. Elle se jetait la tête la première dans ce monde sombre et dangereux peuplé de diables.

L'homme recourba les doigts de sa main toujours ouverte, lui faisant signe de s'approcher.

— Oui, nous nous apprêtions à entamer le festin.

Gillian s'approcha de lui et il prit une de ses mains gantées. Elle l'autorisa à la guider à travers l'obscurité.

———

JAMES FORDYCE, COMTE DE PEMBROKE, OBSERVA LES TABLES DE jeu dans ce lieu de rassemblement privé dont l'existence, aux dires du tout Londres, n'était qu'une rumeur : le club des Comtes Dévoyés. Les membres pouvaient être identifiés par une petite broche argentée qu'ils portaient à leurs cravates. Autrefois, cela avait été la guilde d'hommes importants et puissants qui se rassemblaient en secret pour négocier et remporter des faveurs, mais leur raison d'être s'était corrompue. Ce n'était pas un endroit de malveillance ou de mal, mais en regardant autour de lui, James trouva une certaine noirceur. Des hommes observaient leurs cartes qui se retournaient, les bouteilles abondaient sur les tables, une femme était parfois enroulée au bras d'un homme, ses seins se déversant pour plaire au regard de tous les hommes présents. C'étaient ces âmes brisées et perdues qui créaient cette noirceur.

Des âmes comme la mienne.

James reconnut la silhouette sombre qui se détachait au fond de la pièce. C'était le comte de Coventry, le leader de leur club. Celui-ci le salua d'un léger hochement du menton. James lui rendit son geste du menton et observa à nouveau la pièce. Les rangs du club avaient diminué ces dernières années, et il sourit en songeant à tant de ses amis qui avaient pris épouse. Épouser une femme comme il faut était l'astuce pour tenir les hommes éloignés de ce genre de clubs.

— Coventry a l'air content de lui, marmonna quelqu'un à côté de James.

À sa gauche, il vit son ami, Pierce Chamberlain, le comte de Wainthorpe.

— Wainthorpe, je ne m'attendais pas à vous croiser ce soir. Je pensais que vous comptiez parmi ceux qui avaient la chance de nager dans le bonheur conjugal.

Wainthorpe lui adressa un sourire qui fit s'éclaircir la petite cicatrice sur sa tempe.

— Je ne crache pas sur le bonheur, mais si vous osez souffler mot à qui que ce soit... gronda Wainthorpe.

La réaction de son ami fit rire James. Wainthorpe jouait les durs, mais il avait rarement rencontré un homme qui se laissait attendrir aussi facilement.

— Je garderai votre secret comme si c'était le mien, promit James. Que voulez-vous dire à propos de Coventry ?

Wainthorpe croisa les bras et fronça les sourcils.

— Chaque fois que l'un d'entre nous se fait passer la corde au cou, il se met à sourire jusqu'aux oreilles comme s'il avait joué un rôle dans notre mariage ou qu'il en tire un certain profit. Très étrange.

Pendant un moment, aucun des deux ne parla.

— Qu'est-ce qui vous amène ici ce soir, Pembroke ?

— J'essaie de noyer mes peines, répondit James d'un ton sardonique.

Si l'amertume sous-tendait ses paroles, c'était parce qu'elles étaient vraies. Plus tôt dans la journée, il avait rencontré la femme la plus merveilleuse du monde et l'avait promptement *perdue*. Gillian Beaumont restait pour lui un vrai mystère et il craignait de ne plus jamais la revoir.

— Oh, Seigneur, venez prendre un verre avec moi et racontez-moi tout ! En tant qu'homme marié, je peux vous fournir de judicieux conseils à propos du beau sexe. Cela dit, ils ne vaudront pas grand-chose.

Les taquineries de Wainthorpe refirent sourire James. Ils prirent deux chaises à une table suffisamment loin des joueurs afin de pouvoir discuter sans être distraits par la partie. Une bouteille de scotch et quelques verres étaient posés sur un plateau d'argent. Ils trinquèrent pour porter un toast et avalèrent chacun une gorgée.

— Allons, faites-nous part de vos chagrins.

James soupira.

— Aujourd'hui, j'ai rencontré une femme chez la modiste. J'étais avec ma sœur, Letty, et nous avons fait la connaissance de Miss Gillian Beaumont. Vous ne la connaîtriez pas, par hasard ?

Il avait passé la soirée à demander à tous les gens de sa connaissance si ce nom leur était familier et jusqu'ici, personne ne lui avait fourni la moindre réponse positive.

— Beaumont ?

Wainthorpe fit rouler ce nom sur sa langue, testant sa sonorité.

— Je connaissais un homme appelé Beaumont : le comte de Morrey. À présent, c'est son fils Adam qui porte le titre. Un homme bien. Sa sœur est très jolie, mais son nom est Caroline. Pas Gillian.

— Peut-être une cousine éloignée ? se demanda James à voix haute.

— Peut-être.

Wainthorpe se versa un autre verre.

— Je pourrais mettre mes cousines sur la question. Elles sont douées pour retrouver la trace des dames.

James s'esclaffa.

— Que le ciel vienne en aide à tous ceux qui essaieraient d'échapper à vos cousines formidables… quoique ravissantes, se dépêcha d'ajouter James de peur de contrarier son ami.

— Alors, cette dame vous a retourné le cerveau, dites-vous ?

— Effectivement.

Retourné le cerveau était la formulation adéquate. Après avoir dérobé quelques baisers dans une librairie, il sentait encore ses lèvres contre les siennes comme une présence fantôme et leur goût savoureux le hantait toujours. Si la retrouver était simplement une question de curiosité attisée par le désir, cela aurait été une chose, mais il avait la sensation horrible qu'elle courait un terrible danger. Et il ne pouvait pas supporter cette idée, pas s'il avait le pouvoir de la protéger.

Plus tôt dans la soirée, il l'avait escortée chez elle après qu'elle eut reçu une lettre à Gunter. Quand il l'avait laissée sortir de la calèche, elle avait été attaquée par un poltron de bas étage qui l'avait assommée, et la lettre qu'elle avait reçue avait été volée. Quand James lui avait demandé des détails, elle avait refusé de lui faire part de quoi que ce soit. Il n'avait pas eu d'autre choix que la déposer chez un ami – le vicomte Sheridan – puis elle avait disparu. Il avait l'intention d'aller trouver Cédric Sheridan le lendemain pour demander qui était sa mystérieuse invitée et pourquoi elle courrait un danger.

— Bon, vous pouvez entamer votre quête demain, n'est-ce pas ? Il ne fait pas bon être dans les rues ce soir. Gérard Langley – celui dont Madame Société parle dans sa rubrique – se rend au Hellfire Club qu'il dirige. Parfois, ils sont un peu turbulents et descendent dans les rues. Tous ceux qui croisent leur chemin risquent le danger. Ils ont quasiment tué un homme voici quelques mois. Ils s'apprêtaient à le jeter dans la Tamise quand la police est arrivée sur les lieux.

— Quoi ? C'est horrible !

James se souvint d'avoir lu quelque chose sur ce Langley. Cet homme avait fait un pari avec... Le sang de James se glaça dans ses veines. Langley avait promis de fortes sommes à quiconque séduirait une dame appelée Alexandra Rockford.

L'ami de James, Ambrose Worthing, avait relevé le défi, mais uniquement pour sauver cette dame. Il avait plus tard avoué son implication dans la rubrique de Madame Société. Cette chronique avait irréparablement souillé la réputation de Langley. Celui-ci avait propagé des rumeurs partout en ville qu'il ne se contenterait pas de dévoiler l'identité de Madame Société, mais lui ferait également du mal.

Et dans la journée, Ambrose Worthing avait donné à Gillian un mot qui avait débouché sur son attaque. *Elle ne peut pas... elle n'est quand même pas Madame Société ?*

— Où se réunit le Hellfire Club de Langley ? demanda James, priant pour que Wainthorpe soit au courant.

— Sur le Strand, m'a-t-on dit. Quels diables ! Langley aime attirer des vierges en leur promettant de trouver des maris riches. Et puis, vous savez...

Wainthorpe n'acheva pas, mais le pli sombre qui barrait son front révélait à James tout ce qu'il avait besoin de savoir.

Il quitta sa chaise d'un bond.

—Je dois y aller. Merci pour la boisson.

— Où allez-vous ?

Toujours inquiet, Wainthorpe se redressa du même mouvement.

— Arrêter Langley. Je soupçonne ma mystérieuse Miss Beaumont d'être Madame Société.

— Quoi ?

Wainthorpe en resta bouche bée.

— Avez-vous besoin que je vous accompagne ?

— Non, retournez auprès de Bianca. Dieu seul sait quels troubles la soirée m'apportera. Je ne veux pas mettre votre réputation en jeu et je soupçonne qu'amener d'autres personnes risquerait d'accroître les dangers que je cours et pas le contraire.

James lui sourit.

— Faites-moi quérir si vous avez besoin de moi, lui cria Wainthorpe alors qu'il quittait le club.

James héla un fiacre en descendant à la hâte les marches du porche. Une fois parvenu sur le trottoir, il dit au cocher de l'amener au Strand. Il priait pour qu'il ne soit pas trop tard.

2

Une fois sur le rivage, James observa les rues et les bâtiments plongés dans la pénombre. La peur qu'il ressentait pour Gillian croissait en lui comme une tempête exacerbée par les vents. La jeune femme était une dame de haute naissance qui n'aurait pas dû se confronter aux horreurs d'un club clandestin, particulièrement si l'on découvrait qu'elle était Madame Société. Il savait qu'elle était parfaitement capable de se débrouiller toute seule, mais il craignait qu'elle tombe dans un piège sans le savoir. Il devait la retrouver avant qu'il ne lui arrive quelque chose.

Avec un peu de chance, elle ne s'y trouverait pas et il passerait le reste de sa soirée à regarder des imbéciles donner un simulacre de messe noire et feindre d'aduler le diable. Il priait avec ferveur pour la première hypothèse.

Il vit alors un homme à la pelisse et au masque noirs

qui descendait la rue. Un membre du club, c'était incontestable ! L'homme s'arrêta pour observer les environs avant de gravir les marches qui menaient à l'un des bâtiments insignifiants de la ville.

James jeta quelques pièces à son cocher et se lança à la poursuite de la silhouette. Il la rattrapa alors qu'elle s'apprêtait à soulever le heurtoir. Il n'y avait qu'une seule façon de pénétrer à l'intérieur et il ne regretterait pas son plan d'action.

— Pardonnez-moi, dit James.

Surpris, l'homme se retourna vers lui.

— Qu'est-ce que...

Le poing de James l'atteignit en plein visage. L'homme s'écroula comme un poids mort et cessa de bouger. James tira l'homme au bas des escaliers et le dissimula sous des buissons plantés près de l'entrée. Puis il lui retira le masque qu'il positionna sur ses propres traits. Enfin, il prit sa cape et l'enroula autour de ses épaules.

Il frappa du poing contre la porte, ne prenant même pas la peine de toquer. Il patienta, le cœur battant la chamade, noyé par le silence tonitruant de la rue. Au bout d'une éternité – lui sembla-t-il –, un homme vint répondre. Il ressemblait à un majordome, mais paraissait bien trop arrogant, avec un nez crochu et des petits yeux noirs qui le dévisageaient.

— Oui ?

— Je suis venu... pour le festin.

James espérait avoir vu juste quant aux inepties auxquelles ces hommes s'adonnaient.

Le majordome l'étudia pendant un long moment. James ne bougea pas et pria pour que le domestique ne se rende pas compte qu'il ne faisait pas vraiment partie du club.

— Ah, vous devez être le Seigneur des Morts-Vivants. Vous êtes en retard. Les autres sont déjà installés pour le festin. Les dames sont arrivées et il ne faudrait pas rater les festivités.

Le Seigneur des Morts-Vivants ? James ne savait pas si ce titre le faisait rire ou grimacer.

— Très bien, marmonna-t-il en entrant dans la maison.

Le majordome le regardait prudemment et James attendit qu'il lui indique où se rendre.

— Ne restez pas ici à rien faire ! aboya-t-il. Escortez-moi.

Ces paroles rudes semblèrent écorner l'arrogance du domestique. Il redressa l'échine et fit signe à James de le suivre dans le couloir.

— Toutes mes excuses, Milord. Je pensais que vous connaissiez le chemin.

— J'étais saoul la dernière fois. Comment pourrais-je m'en souvenir ?

L'ivresse était toujours une bonne excuse pour ne pas savoir ce qui s'était passé lors d'un précédent événement.

Une assurance inébranlable avait le chic pour éviter des questions non désirables.

C'est le visage encore écarlate que le majordome ouvrit la porte de ladite salle. Une douzaine d'hommes buvaient, assis à une grande table. Au moins six ou sept bouteilles de vin vides étaient renversées. Les bougies brûlaient doucement et des ombres jouaient sur les murs ainsi que sur les visages des hommes masqués qui discutaient en s'enivrant. La table était dressée pour le dîner, mais les plats n'avaient pas encore été servis.

L'entrée de James passa inaperçue et il longea prudemment un mur pour aller se mêler au groupe d'hommes. Il chipa un verre vide à la table et le remplit de vin, feignant de boire alors que certains hommes s'esclaffaient en écoutant un récit de débauche.

— Alors j'ai dit à la fille de polir ma perche et elle m'a répondu *quelle perche ?* Alors, je la lui ai montrée et je vous jure qu'elle s'est évanouie !

Les hommes éclatèrent de rire. Quelqu'un claqua l'épaule de James et il sourit, dévoilant ses dents en une mise en garde subtile. Ceci dit, personne n'avait remarqué qu'il n'était pas l'un d'entre eux. Les masques que portaient ces hommes leur offraient une certaine dissimulation et il en était reconnaissant. La dernière chose qu'il aurait voulue était d'être associé à ces saligauds. Tout ceci n'était qu'une pathétique excuse pour explorer leurs sombres travers au risque de souiller l'innocence.

— Messieurs !

La voix tonitruante d'un homme mit fin aux histoires et aux éclats de rire. Tout le monde, y compris James, se tourna pour regarder celui qui se tenait au bout de la longue table. Derrière lui, le feu dans la cheminée de marbre blanc craquait et crépitait. La lumière des flammes donnait un côté surnaturel à la silhouette de l'orateur.

— Ce soir, nous avons préparé un festin. Comme je l'ai mentionné au cours de notre dernier meeting, nous avons plusieurs invitées *spéciales*, des dames que vous connaissez bien et qui souhaitent à nouveau se mêler aux forces du mal. Nous avons aussi deux jeunes délicieuses beautés vierges, qui se sont gentiment portées volontaires pour assouvir notre désir du sang des innocentes.

On entendit des ricanements cruels, des rires et des blagues marmonnées sur la profanation de la virginité. James serra les poings. S'il perdait le contrôle, il risquait d'étrangler quelqu'un. L'innocence d'une femme n'était pas sujette à plaisanteries et – il en était certain – qui que soient ces beautés, elles ne savaient pas qu'elles s'apprêtaient à être jetées dans la gueule du loup.

— Êtes-vous prêts ? demanda l'homme en tête de table.

Les convives poussèrent alors des vivats et des sifflements sonores et odieux. La porte de la salle à manger s'ouvrit et six femmes entrèrent. Elles étaient suivies par un homme qui referma les portes derrière elles, emprisonnant tout le monde à l'intérieur. Les femmes furent escortées jusqu'aux sièges demeurés inoccupés.

— Mes amis, en tant que Seigneur de la Luxure, laissez-moi vous présenter nos invitées.

Le soi-disant Seigneur de la Luxure commença à nommer chacune des femmes. James étudia les demoiselles belles et plantureuses dissimulées par des demi-masques. Chacune sourit d'un air coquet en entendant son nom. La Lady du Péché, la Lady de la Nuit, la Lady du Désir Défendu... et ainsi de suite. Mais le Seigneur de la Luxure marqua un temps d'arrêt quand il parvint aux deux dernières.

L'une d'elles portait une robe rouge et l'autre violette, et vu leurs airs pincés sous leurs masques, ni l'une ni l'autre ne semblait particulièrement ravie d'assister à cette fête. D'ailleurs, elles avaient toutes les deux l'air très effrayées, à en juger par les jointures blanches de leurs poings serrés et leurs visages pâles sous leurs masques.

James sentit une bouffée d'appréhension quand il reconnut la robe violette. C'était celle qu'il avait vu Gillian acheter à la boutique plus tôt dans la journée. Il ressentait toujours la hantise douce-amère de son image dans le vestiaire, vêtue de cette robe, alors qu'il l'avait entraperçue. Il n'oublierait jamais les lacs vulnérables de ses yeux gris| ou la façon dont ses lèvres s'étaient écartées quand elle s'était rendu compte qu'il l'observait alors qu'elle était à moitié dévêtue.

Sa plus grande crainte s'était matérialisée. Gillian

Beaumont – *sa* belle et mystérieuse Gillian – était assise à une table en compagnie des hommes les plus abominables qu'il soit, des hommes qui voulaient profiter de l'occasion pour la forcer à coucher avec eux.

Il faudra me passer sur le corps, jura-t-il.

— En plus, pour couronner le tout, nous comptons une invitée de marque parmi nous. Vous souvenez-vous de la plume acérée et empoisonnée de cette reine des salopes qui s'est donné le nom de Madame Société ? cracha le Seigneur de la Luxure.

Les hommes qui l'entouraient émirent des grognements de contrariété et abattirent leurs poings sur la table. Gillian et l'autre femme sursautèrent légèrement sur leurs chaises.

— Eh bien, ce soir, j'ai créé le piège parfait et j'ai attiré Madame Société en personne jusqu'à ma porte. L'autre soir, j'ai laissé échapper lors d'un bal que nous nous retrouverions ce soir et qu'elle ne voudrait certainement pas manquer les événements.

Le Seigneur de la Luxure traversa lentement la pièce vers les femmes en rouge et en violet.

— Mais voilà, laquelle est Madame Société ? se demanda-t-il à haute voix. Je suppose que cela importe peu. Nous aurons le plaisir de vous avoir toutes les deux.

Il claqua des doigts et les hommes assis de part et d'autre des femmes leur saisirent soudain les bras, les passant de force derrière leurs chaises avant de leur enrouler des cordes autour des poignets.

— Comment osez-vous, M. Langley ! s'exclama la femme en rouge en serrant violemment les dents comme un animal prêt à mordre. Je ferai bien plus qu'écrire un article qui vous détruira. J'aurai vos testicules sur un plateau d'argent !

Où avait-il déjà entendu cette voix ?

Par les dents de Dieu ! Cette petite furie était Audrey Sheridan, la sœur cadette du vicomte Sheridan. Que faisait-*elle* ici ? Il coula un regard à Gillian qui se mordait la lèvre et tiraillait sur ses liens afin d'essayer de se libérer.

— Comment est-ce que j'ose ? Ma chère dame, gronda le Seigneur de la Luxure, vous êtes venue ici de votre propre gré. Personne ne vous a forcée à venir. Je dirais qu'il existe peu de gens qui ressentiraient la moindre sympathie pour une femme qui s'est rendue *volontaire-ment* dans un club de marginaux. Votre réputation sera en lambeaux et vos propos impubliables. Et ce n'est que le début de ce que j'ai prévu pour vous ce soir. Vous avez détruit ma famille, mon nom... Tout ! Et je vais vous détruire en retour !

— Vous n'avez eu que ce que vous méritez, espèce de saligaud ! gronda Audrey avec une férocité surprenante chez une femme aussi minuscule et d'apparence aussi charmante.

— Vous parlez comme une traînée, gronda le lord. Alors je vais vous traiter comme telle.

Les deux femmes poussèrent des cris d'horreur. James serra les poings sur les accoudoirs de sa chaise. Il devait songer à un plan qui ne mettrait pas les femmes en danger. Il ne reculait pas devant une bonne bagarre, mais il n'aimait pas voir que le sort jouait contre lui.

— Bâillonnez-les. Je veux qu'on profite de notre festin en silence.

Le Seigneur de la Luxure claqua des doigts et les hommes de part et d'autre d'Audrey et de Gillian leur fourrèrent des mouchoirs dans la bouche, étouffant les menaces qu'essayait de leur lancer la lady.

James intégra soudain qu'elle avait appelé le Seigneur de la Luxure Langley. Wainthrope avait eu raison : le meneur diabolique de cette bande d'imbéciles était Gerald Langley, cet homme odieux et répugnant qui avait donné à Ambrose Worthing et sa femme adorée bien du fil à retordre ! La lueur folle dans les yeux de Langley révélait clairement qu'il avait perdu toute mesure. Ce que James ferait ce soir pour aider Audrey ne ferait qu'accroître le danger que courait Gillian. Langley n'allait pas les laisser s'en sortir saines et sauves, pas alors qu'Audrey et Gillian avaient fait des activités de la soirée une affaire personnelle. Il voudrait du sang et probablement même une vie si elle ne parvenait pas à contrôler sa colère.

— Bon... dit Langley en ricanant. Je suis affamé.

Il prit une clochette au bout de la table et la fit sonner. Un moment plus tard, plusieurs valets entrèrent. Ils portaient des plateaux de nourriture.

— Seigneur, auriez-vous oublié...

Un des hommes désigna le dernier siège de libre à la table.

— Ah, oui.

Langley poussa un soupir ennuyé et adressa un signe du menton au valet le plus proche.

— Amenez Sa Damnation.

James se crispa, se demandant quelle nouvelle horreur ces hommes allaient créer, mais il faillit éclater de rire quand le valet revint avec un magnifique chat noir qu'il plaça sur la table devant une assiette de nourriture. L'animal se pencha et fit courir ses yeux jaunes sur l'ensemble des convives avant de baisser calmement la tête vers son assiette pour commencer à déguster son plat.

— Madame Société, cela vous plaît-il de rencontrer notre invité ? C'est notre plus vieux membre, voyez-vous, dit solennellement Langley. On pourrait même dire le plus *ancien*.

Ancien ? James inclina la tête et eut une révélation. Sa Damnation... Ancien... Langley et sa bande de disciples fous croyaient-ils vraiment que ce chat était le diable en personne ? *Seigneur Dieu...* C'était pire que ce qu'il avait craint. Ces hommes n'avaient pas simplement l'intention de boire, de copuler et de feindre d'aduler le diable : ils le pensaient vraiment. Ils étaient réellement fous.

James continua de jouer le jeu et fit semblant de manger ce qu'on lui servait. Toutefois, il ne parvenait pas à détacher les yeux de Gillian. Son visage était cendreux et elle bougeait à peine, hormis pour la légère tension de ses bras dénudés. Elle luttait contre ses liens, discrètement, prudemment. Jusque-là, personne n'avait paru le remarquer. Elle était intelligente, très intelligente, chose dont il était reconnaissant. Si la situation s'aggravait – chose qui semblait inévitable –, elle garderait son calme. N'écoutant que d'une oreille les autres hommes se vanter de leurs futures prouesses au cours de cette soirée, James avala une autre gorgée de vin.

Les femmes, hormis Audrey et Gillian, semblaient bien disposées et familières envers les membres du club, ce qui signifiait que James n'avait pas besoin de les ajouter à la liste des demoiselles qui avaient besoin d'être secourues. Il faillit sourire. Plus tôt dans la journée, quand il avait essayé de secourir Gillian d'un homme qui l'avait attaquée pour lui dérober une lettre concernant cette soirée, elle avait catégoriquement répliqué qu'elle n'était pas une demoiselle qui avait besoin d'être secourue.

Un des hommes proches de Langley détourna son attention de Gillian. Jouant avec sa fourchette tout en plissant le front, il osa un regard vers l'extrémité de la table où étaient retenues les deux dames. Comme le sien, le visage de l'homme était partiellement dissimulé par un demi-masque, pourtant, ses cheveux blonds cendrés et ses yeux verts paraissaient familiers. Contrairement à ses comparses, l'inconnu ne consommait rien et ses yeux ne cessaient de revenir vers les deux femmes. Loin d'évoquer un homme prêt à sauter sur les demoiselles, il avait l'air de...

James croisa le regard de cet individu qui lui rendit son attention. Il vit qu'il était choqué, mais que lui aussi le reconnaissait. À présent, il savait d'où il le connaissait.

Une seule personne dans son cercle social correspondait au profil de l'individu : Jonathan Saint-Laurent. Le jeune demi-frère du rebelle duc d'Essex, un des amis de James, était-il donc membre de ce club ? Malgré l'affection qu'il avait pour lui, s'il se révélait qu'il participait à ces actes diaboliques, James l'étranglerait.

Alors que le festin touchait à son terme, Langley se redressa, tira deux dés de la poche de sa redingote et les brandit.

— Chaque homme lancera les dés sacrés afin de déterminer qui aura la joie de coucher avec la femme en robe violette. Puis nous jetterons les dés pour Madame Société. Mais soyez assurés que nous avons toute la nuit et que tous les hommes auront l'occasion de goûter aux *deux* dames.

Ses cris étouffés par son bâillon, Audrey se débattit sauvagement sur sa chaise.

James coula un regard à Jonathan par-dessus son épaule et vit un éclair de feu brûler furieusement dans ses yeux. Et s'il se trompait ? Saint-Laurent aussi était peut-être comme lui ? Il voulait les aider...

On se passa les dés et chaque homme les lança, poussant des jurons et des vivats en comptant les résultats. Si James parvenait à remporter la plus haute somme pour Gillian, il serait peut-être capable d'aller la placer en sécurité avant de revenir chercher Audrey. Si le groupe en venait aux mains, une dame serait plus facile à protéger que deux.

Quand on lui tendit les dés, il se redressa en retenant son souffle. Il croisa le regard de Gillian, regrettant qu'elle ne sache pas qu'il était là, qu'elle n'affrontait pas cette horreur toute seule. Il lança les dés en travers de la table et ferma les yeux pendant un bref instant jusqu'à ce que le son des dés rebondissant contre le bois ait cessé.

— Douze ! rugit Langley. Par tous les saints, vous avez de la chance !

L'homme assis à son côté lui donna une grosse bourrade sur le bras.

— Je crois qu'on a notre gagnant, lui sourit Langley. Amenez votre précieuse récompense dans une des chambres à l'étage. Je vous donne une demi-heure puis on lancera les dés pour déterminer qui sera le prochain.

James inspira lentement. La tête lui tournait légèrement. Au moins, il allait pouvoir sortir Gillian de là. Il sourit à ceux qui l'entouraient, faisant semblant d'apprécier leurs félicitations alors qu'il partait s'imposer à Gillian. L'homme assis près d'elle défit les cordes qui lui ligotaient les poignets puis l'arracha de sa chaise. Il lui claqua les fesses et Gillian poussa un cri, ses yeux gris brûlant d'un feu vengeur. James parvint à peine à se retenir de jeter cet individu à terre.

Je dois continuer à jouer le jeu.

S'ils soupçonnaient qu'il n'était pas l'un d'entre eux,

Gillian et lui n'auraient pas la moindre chance. Il attrapa la jeune femme par le biceps d'un geste autoritaire, mais ne serra pas trop.

— Par ici, ma chère, grogna-t-il avant de lui donner un peu de temps.

Il entendit un gros crachat derrière lui puis Audrey poussa un cri.

— Si vous la touchez, je vous tue.

Elle avait réussi à retirer le bâillon de sa bouche. Il aurait voulu pouvoir lui assurer que son amie serait en sécurité, mais c'était impossible. Saint-Laurent se redressa et lui aboya quelque chose.

— Tenez votre langue ou bien je trouverai un meilleur usage pour votre bouche.

Saint-Laurent adressa alors à James un très léger signe du menton comme pour l'encourager à y aller tant qu'il en avait la possibilité. Apparemment, lui aussi maintenait leur couverture.

Gillian se débattit dans son étreinte, mais il se déplaça rapidement, l'entraînant dans le couloir avant de claquer la porte sur leur passage. Il n'avait pas fait plus de deux pas qu'un délicat pied botté lui fit un croche-patte et qu'il s'écroula à terre. Gillian bondit par-dessus son corps étendu dans un frou-frou sauvage de jupes violettes et de jupons blancs avant de filer le long du couloir.

— Gillian, attendez ! siffla-t-il en se redressant maladroitement.

La jeune femme se figea à l'autre bout du couloir et le

regarda. Avec un juron, James arracha son masque et exposa son visage.

— Lord Pembroke ? murmura Gillian. Vous... vous êtes avec ces dégénérés...

— Non !

Il s'appuya contre le mur avec une main et la regarda. Il craignait qu'elle ne lui échappe.

— J'ai entendu dire que Langley allait s'en prendre à Madame Société et je me suis souvenu de l'incident dans lequel vous avez été impliquée cet après-midi. Je croyais avoir tout compris, mais après tout, vous n'êtes pas Madame Société. Il s'agit de Miss Sheridan, n'est-ce pas ?

Gillian jeta son masque à terre en poussant un profond soupir. Ce son serra douloureusement le cœur de James.

— Oui, mais vous ne devez en parler à personne, dit-elle en revenant près de lui, le regard implorant.

— Je ne vous trahirai jamais, vous ou l'un de vos secrets, jura-t-il, mais à l'instant-même, votre amie court un grave danger et il est possible que les hommes de ce soir vous reconnaissent toutes les deux. Je dois vous faire sortir d'ici puis je pourrai revenir chercher Miss Sheridan. Saint-Laurent est là-bas avec elle, mais je crains qu'il ne se retrouve dépassé.

— Saint-Laurent ? Jonathan est ici ?

— Oui. Et je ne doute pas que Langley et ses hommes se feront un plaisir de le tuer s'il se dresse en travers de leur chemin. Chose qu'il fera ! Je vais vous faire sortir tout de suite...

Un coup de feu inattendu plongea leur univers dans le chaos. Les portes du salon s'ouvrirent à la volée et plusieurs femmes les croisèrent en courant, projetant Gillian à terre. James jura quand il vit la tête de la jeune femme heurter le mur et qu'elle s'écroula au sol. Il se précipita vers elle, mais un cri puissant l'arrêta net.

— Arrêtez-vous ou je vous colle une balle dans le dos !

La menace de Langley fut suivie de la sensation du canon d'un pistolet qui s'enfonçait entre ses omoplates.

James souffla lentement tout en regardant Gillian qui se mettait à genoux, une main plaquée contre sa tête. Elle avait subi deux commotions dans la même journée, des coups qui auraient assommé un homme plus grand que sa douce petite Gillian. Derrière lui, il entendit le mouvement et les coups des hommes qui se battaient dans la salle à manger. Saint-Laurent devait être en train de jouer des poings et James faillit sourire. Quiconque affronterait cet homme à mains nues ne tiendrait pas longtemps. Il s'entraînait avec les meilleurs.

— Attendez... Je vous connais. Comment le comte de Pembroke s'est-il retrouvé dans mon petit club sans y être invité ? demanda Langley.

— Une sécurité terriblement défaillante, d'abord.

Cette fois, Langley pressa le canon contre sa nuque.

— Fermez-la !

James n'avait que deux secondes pour agir et une

seule opportunité d'adopter la bonne posture. Il se déplaça brusquement vers la droite et le canon quitta son cou lorsqu'il s'accroupit et tourna sur lui-même afin de lutter contre Langley. Le coup partit, mais la balle vint se loger dans le plafond. Une cascade de plâtre s'écroula sur son adversaire et lui.

James rugit et abattit Langley à terre avant de lui arracher l'arme des mains. Le masque de son adversaire se décrocha durant la bagarre et ses yeux sauvages pétillèrent dangereusement.

— Je ne le tolérerai pas ! Vous ne pouvez pas pénétrer dans mon club par effraction...

James le frappa en plein visage et il s'écroula en arrière, les yeux révulsés.

— Je l'ai fait et je le referais volontiers, espèce de saligaud, marmonna James.

Celui-ci leva les yeux et regarda par les portes entrouvertes de la salle à manger. Il vit seulement Audrey qui serrait contre elle un chat noir hurlant et Jonathan qui lançait des coups de poing dans toutes les directions. L'air désespérée, Audrey le chercha du regard.

— Lord Pembroke ! Par le ciel ! Je suis si contente de vous voir ! Où est Gillian ?

Il fit un geste hâtif derrière lui avant de se retourner vers Gillian. Elle était assise dos au mur, la tête entre les mains. Du sang lui dégoulinait sur la joue et il se rendit compte à sa grande horreur qu'une partie du plafond s'était écroulée sur elle.

— Miss Beaumont...

Il s'agenouilla à côté d'elle, lui prit le visage entre les mains et tourna sa blessure vers la lumière des bougies qui se consumaient dans les alcôves au-dessus d'eux.

— Mon Dieu... Je ne me sens pas bien, dit-elle d'une voix traînante.

—Je sais, ma chère, je sais.

Il l'examina et grimaça. Elle avait besoin d'être examinée par un médecin sans attendre.

— Attendez ici. Miss Sheridan et Saint-Laurent ont besoin d'aide.

Il répugnait à la laisser, mais Jonathan ne parviendrait pas à repousser seul ces mécréants. Une fois qu'il serait certain que son ami allait bien, il retournerait auprès de Gillian.

—Allez-y. Tout ira bien de mon côté, lui promit-elle.

James se pencha et déposa un léger baiser sur ses lèvres avant de courir se joindre à la bagarre dans la salle à manger.

3

Tout semblait légèrement flou. Gillian vit James débarquer violemment dans le salon. Il se déplaçait avec une rapidité et une aisance surprenantes, comme s'il était habitué à se battre contre les disciples d'un club de dévoyés. Plus tôt dans la journée, il lui avait montré son côté tendre, irrésistible et bien trop séducteur, mais à présent, elle voyait un guerrier.

Elle essaya de se déplacer vers lui, mais trébucha. Ses pieds étaient empêtrés et elle baissa les yeux. Elle cligna des paupières pour repousser la douleur dans sa tête et avec une sensation étonnamment distante, elle remarqua que sa belle robe violette était déchirée et... était-ce du sang qui souillait son corsage ? *Par le ciel... à qui appartient ce sang ?* Le son d'une bagarre attira à nouveau son attention vers la salle à manger et elle leva les yeux.

Elle resta bouche bée en voyant James attraper un

homme et le jeter par-dessus la table alors qu'il jouait des coudes pour aller s'en prendre à Jonathan. Audrey se tenait dans le coin de la salle à manger, un chat noir dans ses bras et un tisonnier dans une main. Elle affrontait un rustre enivré qui titubait vers elle. Audrey brandit le tisonnier comme un champion d'escrime face à un adversaire. Elle lança le bras fort et assomma l'homme d'un coup de poing rapide. Puis elle se tourna vers le couloir, tenant toujours le félin sous un bras. *Que fait Audrey avec un chat et...*

— Gillian ? cria Audrey quand elle vit sa suivante assise dans le couloir. Vous allez bien ?

— Euh... oui.

Gillian tituba vers elle et c'est alors qu'elle sentit quelque chose de collant rouler sur sa joue. Elle leva la main et se toucha le visage. Quand elle la retira, sa paume était couverte de sang. La vision du liquide écarlate la fit grimacer. C'était *elle* qui saignait ?

Elle jeta un regard à sa maîtresse à temps pour voir Jonathan aider Audrey et le chat passer par une fenêtre ouverte. Ils disparurent dans la nuit. Soudain, James apparut et l'attrapa par la main.

— Il est temps d'y aller. Avez-vous la force de courir ?

— Je le pense, dit-elle, contente qu'il l'entraîne à sa suite parce qu'après tout, elle n'en avait apparemment pas la force.

— Pourquoi sont-ils passés par la fenêtre ? demanda-t-elle alors que James et elle dévalaient le couloir.

Le trajet qui ramenait au salon était bloqué par les hommes qui se précipitaient rapidement derrière James et elle, mais jusque-là, ils n'avaient pas été repérés.

— Ils avaient l'opportunité de sortir par là. C'est mieux si on se sépare, pour pouvoir mieux nous dissimuler dans les ombres et moins attirer l'attention. Je connais une autre issue. La plupart de ces anciennes maisons ont toutes le même agencement...

James s'arrêta au bout du couloir et poussa la porte afin de l'ouvrir assez fort pour qu'elle vienne frapper le mur. Ils déboulèrent dans les cuisines où une femme revêche au tablier gras les regardait.

— Hé là ! Que faites-vous ici ? demanda la cuisinière.

James ne prit pas la peine de répondre ; il se dirigea directement vers la porte au bout des cuisines. Gillian le suivit, esquivant des casseroles et toussant quand la vapeur remplit ses poumons. Ils déboulèrent à l'extérieur dans une allée sombre et James la guida rapidement vers la rue où il héla un fiacre qui passait par là. Il cria une adresse au cocher.

— Et dix shillings supplémentaires si vous nous faites sortir à la hâte de cette satanée rue, ajouta-t-il.

— Comptez sur moi ! répondit le vieux cocher.

James hissa Gillian dans la calèche et la reposa délicatement sur la banquette derrière le cocher. La calèche se mit brutalement en marche et la jeune femme s'écroula contre James. Il l'attrapa pour l'empêcher de s'écrouler à terre.

— Je vous tiens, dit-il.

Ces mots parurent résonner profondément en elle, plus encore que le simple geste de l'avoir rattrapée. La soirée avait été un flou des plus total et pourtant, être entre ses bras lui donnait l'impression de se raccrocher à quelque chose. Elle parvint enfin à reprendre sa respiration.

— Milord, que faites-vous ici ? demanda Gillian qui leva la main pour toucher sa tête douloureuse.

— Je vous sauvais... Même si on ne peut pas dire que j'ai fait du bon travail. Faites attention, dit-il en lui saisissant la main qu'il retira doucement de sa tempe. Vous saignez.

— Je n'avais pas vraiment besoin d'être secourue, lui rappela-t-elle, même si elle avait pleinement conscience que c'était absolument ridicule, vu la situation dans laquelle elle s'était trouvée.

Suivre sa maîtresse dans un club de dévoyés – un piège, pour tout dire – n'était pas la meilleure idée qu'elle ait eue et elle se reprochait sa bêtise. Elle était généralement fière de savoir se montrer responsable et raisonnable. Rien de ce qui s'était passé cette nuit-là avait été sage. Au lieu de cela, elle s'était montrée téméraire et avait failli y perdre la vie. Coulant un regard à James, elle vit qu'il se mordait la lèvre sans protester.

— Vous avez raison, grommela-t-elle. J'étais mal en point. Merci d'être venu à ma rescousse.

Il lui sourit chaleureusement, ce qui réveilla ses

souvenirs récents, quand il l'avait taquinée dans la librairie puis l'avait embrassée à lui donner le vertige. Elle lui avait fait croire qu'elle n'était pas une suivante, mais une véritable lady. Elle ne pouvait plus lui dissimuler la vérité. Il lui avait sauvé la vie et lui devait l'honnêteté.

— Milord... commença-t-elle.

Mais la calèche s'arrêta et le cocher annonça qu'ils étaient arrivés. Ce n'était pas la maison des Sheridan !

— Où sommes-nous ?

L'air soudain timide, James regardait ses bottes.

— Je vous ai ramenée chez moi. Il est tard, aussi personne ne vous verra. J'ai un médecin qui vit avec moi à cause de ma mère et je veux qu'il vous examine tout de suite. Dès qu'il m'aura garanti que vous allez bien, je vous escorterai où vous souhaitez aller.

Sa mère ? Elle lutta pour se souvenir de ce que Letty, la sœur de James, lui avait dit. La mère de James était tombée malade après la mort de leur père et au cours des deux dernières années, elle était devenue renfermée et distraite. Savoir qu'il s'occupait de sa mère remplissait Gillian d'un sentiment de compassion sympathique.

— Est-ce acceptable ? Si je vous ramène chez moi ?

Sa voix était douce et soyeuse, quoiqu'un peu dangereuse dans la façon dont elle faisait palpiter son cœur. Il était exactement le genre d'homme dont elle avait rêvé de tomber amoureuse. Mais elle ne le pourrait jamais ! Il était un pair titré, un membre de la haute société ; elle était la fille illégitime d'un comte.

Si j'osais rêver, vous seriez à moi.

Incapable de détourner les yeux de lui, elle hocha la tête. Elle ne devrait pas accepter d'aller chez lui, mais pendant un moment, elle désirait faire semblant que cette vie aurait pu être la sienne. Une partie de son cœur se raccrochait à ses rêves d'enfant insensés ; elle voulait croire l'espace d'une nuit qu'elle était une femme de haute naissance qui pouvait être vue avec lui, l'épouser et passer sa vie à ses côtés.

Il descendit de la calèche et lui tendit la main. Elle commença à sortir du véhicule et il la saisit précaution-neusement par la taille, la faisant glisser lentement le long de son corps et jusqu'à terre. Malgré son crâne douloureux, elle avait terriblement envie qu'il l'embrasse. Il lui prit le menton et baissa les yeux vers ses lèvres avant de se secouer.

— Toutes mes excuses. Il faut qu'on vous fasse entrer pour que le Dr Wilkes vous examine.

Elle ravala sa déception. Serait-ce bête et téméraire de sa part de lui dire que ses baisers auraient effacé ses douleurs ?

Oui, très bête. Tu te comportes comme Audrey.

James toqua à la porte. Il gardait un bras enroulé autour de la taille de Gillian, comme s'il craignait qu'elle s'écroule à n'importe quel moment. Elle s'accrocha avide-ment à lui, se détestant d'apprécier ce corps puissant plaqué si près du sien. Quand la porte s'ouvrit, un valet jeune, mais fatigué vint répondre.

— Milord !

Il écarquilla les yeux puis redressa l'échine quand il reconnut James.

— Brandon, les services du Dr Wilkes sont requis de toute urgence. Nous serons dans ma chambre. Amenez-nous de la nourriture et du vin.

— Tout de suite.

Le jeune homme fila et James aida Gillian à entrer.

Il passa autour de sa taille un bras qu'elle ne repoussa pas. C'était bon d'être tenue ainsi, de sentir son bras puissant qui soutenait son corps alors qu'elle se sentait toujours légèrement étourdie. Il l'aida à monter à l'étage vers sa chambre puis à s'asseoir, et il récupéra une couverture sur un sofa proche avant de l'étendre sur ses genoux. Il replia doucement les doigts sous son menton, levant son visage vers le sien afin de pouvoir l'étudier.

— Êtes-vous bien au chaud ? demanda-t-il.

Il lui caressa la lèvre inférieure avec la chair de son pouce. En dépit de ses paroles gentilles et de sa prévenance, elle n'avait jamais eu autant conscience de sa masculinité qu'en cet instant. Il l'avait secourue et placée hors de danger, et à présent, il s'occupait d'elle. Elle ne savait pas si elle devait l'adorer pour l'avoir secourue ou se détester d'avoir eu besoin de cette assistance.

— Je vais bien, Milord, je vous assure...

Ils sursautèrent quand la porte s'ouvrit, laissant entrer un valet chargé d'un plateau de nourriture et d'une bouteille de vin. Timidement, le jeune homme quitta la pièce après avoir posé le plateau et la bouteille.

— Par tous les saints, dit-elle en rougissant. Que doit-il penser de moi, en votre présence, seule...

Elle savait exactement ce que penseraient les domestiques, vu qu'elle en était une. Avant qu'il n'épouse Anne, elle avait souvent vu Cédric, le frère d'Audrey, emmener des femmes seules dans sa chambre.

— Je suis désolé. Je trouverai une excuse pour justifier votre présence. Hors de question que vous vous retrouviez auréolée de scandale. Cela dit, mes serviteurs ne parleront jamais, s'empressa-t-il de la rassurer.

La nervosité serra le ventre de Gillian. Il s'inquiétait pour elle ? Elle n'était rien en société, une présence quasiment invisible. À part pour les autres serviteurs, seule Audrey la percevait comme une personne et non comme une suivante. Non, si une réputation risquait d'être écornée, c'était celle de James. C'était Gillian qui était indésirable.

— Milord, je dois vraiment m'entretenir avec vous, dit-elle doucement, consciente qu'elle devait lui révéler la vérité sur sa position sociale.

— D'abord, je veux que le Dr Wilkes vous examine, ensuite vous pourrez me dire tout ce que vous voulez.

Elle se cala dans le fauteuil près de la cheminée et le regarda arpenter le plancher. Si sa tête n'avait pas autant palpité, elle aurait ri de le voir se faire autant de mouron pour elle alors qu'il n'aurait pas dû s'inquiéter. Elle allait s'en sortir.

— Faites attention à ne pas user les tapis, dit-elle en souriant enfin de sa nervosité.

Cet homme était de nature inquiète... Son amusement se dissipa brusquement quand elle comprit que cela devait tenir du fait qu'il était devenu comte très jeune, quand il avait endossé la responsabilité de la maladie de sa mère et du bien-être de sa sœur.

— Hum ? répondit-il avant d'intégrer ce qu'elle venait de dire.

Il s'interrompit avec un ricanement sardonique.

— Oui, on ne voudrait pas user les tapis.

Il écarta à nouveau les lèvres comme s'il s'apprêtait à parler, mais la porte s'ouvrit, laissant entrer un quadragénaire à l'air gentil. Il portait un pantalon et une chemise, mais pas de gilet.

— Toutes mes excuses, Milord, pour ma tenue indécente, mais Brandon m'a informé de la présence d'une dame en détresse ?

— Oui. Dr Wilkes, voici Miss Gillian Beaumont. Miss Beaumont, voici le Dr Giles Wilkes.

— Ravie de vous rencontrer, dit Gillian.

— Moi de même.

Wilkes s'approcha d'elle en souriant.

— Jetons un œil, si vous voulez bien. C'est la tête, n'est-ce pas ?

James vint se positionner près d'elle. Il plissa le front

d'un air adorable alors que le Dr Wilkes examinait les yeux, la tête et le cou de la jeune femme.

— J'ai besoin de nettoyer la plaie pour déterminer la profondeur exacte de la blessure. Miss Beaumont, puis-je vous convaincre de vous asseoir sur le lit ?

— Bien entendu.

Gillian s'installa. Elle essaya de ne pas bouger alors que le Dr Wilkes retirait plusieurs articles de son sac de médecine noir.

L'homme prit son temps pour l'examiner et ordonna à James de tenir un candélabre près de lui afin de lui fournir assez de lumière.

— Puis-je vous demander comment vous vous êtes blessée, Miss Beaumont ?

— Eh bien, j'ai été poussée fort contre un mur et je crois qu'une partie du plafond s'est écroulée sur moi.

Wilkes la regarda, bouche bée, avant de se tourner vers James.

— Pardon ?

— C'est une longue histoire, mais je l'aidais à s'échapper d'un club clandestin. Les choses se sont compliquées.

— Je vois.

Le Dr Wilkes fronça les sourcils et se servit d'une pâte d'hamamélis pour nettoyer les égratignures de Gillian. La brûlure tira un sifflement à cette dernière, mais une des mains puissantes de James agrippa une des siennes. Il se tenait à côté d'elle près du lit, chose qu'elle trouvait réconfortante.

— Elle ne devrait pas rester seule cette nuit, dit le Dr Wilkes. La blessure me semble superficielle, mais cette jeune dame devra rester sous surveillance au cas où elle ressentirait la moindre douleur. Si c'est le cas, réveillez-moi immédiatement.

— Oh, mais je ne peux pas rester, protesta Gillian.

— Vous pouvez et vous allez le faire, dit James qui lui serra à nouveau la main. Si le Dr Wilkes s'inquiète pour vous, vous devez lui obéir.

— Mais... je n'ai pas de vêtements et Miss Sheridan va s'inquiéter pour moi.

Il serait dangereux de rester. Elle serait bien trop proche de celui qui la tentait comme aucun homme ne l'avait encore fait.

— Je vais dépêcher un messager chez Miss Sheridan sur-le-champ. Je suis certain que Letty aura des vêtements à vous prêter.

James lui saisit le menton et tourna le visage de Gillian vers lui.

— Je vous en prie, laissez-moi m'occuper de vous.

Leurs regards se croisèrent et elle eut la sensation que ses paroles ne concernaient pas simplement ce soir-là, mais également les nombreuses soirées à venir.

Il ne sait même pas qui je suis. Sans quoi il serait furieux de mon mensonge.

— Cela ne vous dérange pas, Miss Beaumont ? demanda le Dr Wilkes.

Qu'aurait-elle pu répondre ?

— Si ce sont vos recommandations, j'accepte.

— J'aimerais rester pour veiller sur vous, si vous n'y voyez aucune objection.

James lui tenait toujours la main et elle sentit la chaleur lui monter aux joues à l'idée qu'il reste si proche d'elle pendait qu'elle dormait.

— Non, dit-elle, incapable d'arracher le regard de lui.

Elle voyait que ses yeux étaient chaleureux et doux, d'une teinte de brun qui lui évoquait la cannelle.

— C'est bien.

James lui lâcha la main puis raccompagna le médecin dans le couloir.

Gillian enroula les bras autour de sa taille. Elle savait que ce qu'elle faisait était mal. Demeurer ici avec lui était scandaleux. Elle lui aurait volontiers dit de ne pas s'inquiéter pour sa réputation, car elle craignait qu'il essaye de se montrer honorable et lui propose le mariage, pour la mépriser ensuite une fois qu'il aurait appris la vérité sur sa situation. La vie d'une domestique dépendait de sa réputation et même si Audrey se ficherait probablement d'un tel scandale, il se propagerait et ferait perdre son respect à la maison Sheridan, ce qui causerait du tort à sa maîtresse. Hors, Gillian considérait la jeune femme comme son amie la plus proche, même si elles étaient employeuse et employée.

La porte s'entrouvrit, laissant entrer James et une jeune bonne. Celle-ci tenait dans les bras une chemise de nuit ainsi que d'autres articles.

— Miss Beaumont, voici Sybil. Elle s'occupera de vous. Je vous donne une demi-heure pour vous mettre à l'aise.

Il s'arrêta près de la porte. Son expression incertaine et presque inquiète était étrangement charmante, comme s'il craignait de la laisser seule au cas où elle aurait besoin de lui.

— Merci, Milord. Vous pouvez me laisser en toute confiance, promit-elle.

Sybil l'aida à retirer la robe violet foncé et à enfiler la chemise de nuit dont le tissu raffiné l'embarrassa. Appartenait-elle à Letty, la sœur de James ? La fine dentelle sur son cou et ses seins était trop ravissante, trop chère pour être comparée à la chemise de nuit simple en coton tissé main que Gillian portait toujours. Elle appartenait forcément à la sœur de James.

— Avez-vous besoin d'autre chose, Miss ? demanda Sybil.

Celle-ci acheva de défaire la coiffure rapide que Gillian avait réalisée plus tôt dans la soirée. Elle avait dû se hâter de quitter la maison afin de suivre Audrey et avait seulement eu le temps de nouer un chignon simple. La plupart des épingles s'étaient emmêlées durant sa lutte de tantôt, mais la bonne eut le talent de les détacher.

— Non, je vais bien, merci.

Il était étrange de se faire aider de la sorte. Elle avait passé la majeure partie de sa vie à s'occuper d'elle-même et d'Audrey quasiment de la même façon.

— Si vous avez besoin de quoi que ce soit d'autre, tirez sur la cordelette près du lit. Nous avons toujours du personnel qui reste debout la nuit vu que...

La bonne se plaqua soudain une main sur la bouche.

— Je n'aurais rien dû dire, Miss. Ce n'est pas à moi de...

— Tout va bien, Sybil. Je suis certaine que c'est en rapport avec la mère de Lord Pembroke et sa maladie.

La servante se mordit la lèvre et hocha la tête. Gillian la remercia à nouveau et ouvrit la couverture et les draps avant de grimper dans le lit.

Elle souffla sur la bougie près de sa tête et s'enfonça dans le matelas de plumes moelleux. C'était bien mieux que le fin lit d'appoint sur lequel elle dormait dans le grenier de l'hôtel particulier des Sheridan. Son logement à la maison était bien meilleur que celui de nombreuses servantes, mais rien n'était comparable à un beau matelas tel que celui-ci. Elle ferma les yeux et sourit légèrement.

— Vous vous sentez mieux ?

La voix de James la fit se redresser d'un bond. Il s'était glissé dans la pièce discrètement, un livre et un bougeoir à la main.

— Oui.

Elle écarta ses cheveux de son visage et le regarda

refermer la porte de la chambre et aller s'asseoir dans un fauteuil près de la cheminée.

— C'est bien. Je n'avais pas l'intention de vous réveiller. Je vous en prie, reposez-vous. Je suis là si vous avez besoin de moi.

Il brandit le livre qu'il tenait à la main avant de s'installer dans un fauteuil près du feu. Gillian se demanda si ses larges épaules étaient lasses du poids qui pesait sur elles. Il portait tant de responsabilités ! Pourtant, elle ne pouvait s'empêcher de ressentir de la tristesse à savoir qu'il n'y avait personne pour s'occuper de lui.

Elle était toujours secouée de savoir qu'elle couchait chez le comte de Pembroke et qu'il se trouvait dans sa chambre. Malgré sa lassitude, ses nerfs se réveillèrent et elle sut qu'elle allait mettre un moment à s'endormir. Elle se glissa hors du lit, s'approcha de la chaise à côté de lui et s'y assit. Il leva des yeux surpris.

— Je ne parviens pas à dormir. Pas encore. Voulez-vous bien me faire la lecture ?

Il baissa les yeux vers son livre et une boucle de cheveux sombres tomba devant ses yeux. Elle ne parvint pas à détourner les yeux de son visage, de la façon dont la lumière du feu projetait des ombres sur les contours élégants de sa mâchoire et de ses pommettes. Ses traits avaient été dessinés par la déesse de l'amour afin de tenter les femmes saines d'esprit avec des pensées scandaleuses. Gillian se remémora la douceur de ces lèvres qui avaient taquiné les siennes, la danse coquine de sa langue qui avait fait courir des frissons délicieux le long de son dos.

— Voulez-vous que je vous fasse la lecture ?

Il leva le livre afin de lui laisser voir la tranche. Le titre embossé était *Lady Gloria et le Comte Fervent*.

— En êtes-vous certaine ?

Sa voix était basse et une étincelle de séduction pétillait dans ses yeux, mais il y avait de l'humour qui faisait frémir le coin de ses lèvres.

— Après tout, la dernière fois que je vous ai fait la lecture...

Il baissa les yeux vers les lèvres de Gillian, s'interrompit puis croisa son regard.

— Si mes souvenirs ne me trompent pas, nous nous sommes égarés... et pas dans les pages.

Elle rougit en se rendant compte qu'il était capable de la taquiner tout en éveillant ses passions.

— Je pense que j'ai envie de risquer de m'égarer à nouveau... dans les pages, je veux dire.

Elle avait la sensation que cet homme aurait pu lui lire n'importe quoi qu'elle se serait raccrochée au moindre mot et à la moindre syllabe. Elle se mordit la lèvre pour s'empêcher de rire d'elle-même.

James rouvrit le livre et se pencha vers elle sur son siège en retournant à la première page.

— Je crois qu'il vaut mieux commencer par le début.

Gillian cala ses jambes sous elle sur son fauteuil et s'appuya sur son bras gauche pour se mettre à l'aise. La chaleur du feu et la passion qui existait entre James et elle emplit la pièce. Elle la faisait se sentir douce, féminine et bien trop consciente de la masculinité de James qui lui donnait le vertige pour des raisons complètement différentes.

— J'ai toujours l'impression que c'est quand une dame a le plus besoin d'aventure que celle-ci vient toquer à sa porte. Pour Miss Gloria Bellarmy, ce coup était bel et bien un vrai coup à sa porte, sous la forme d'un étranger grand et ténébreux qui avait besoin d'aide. James continua de lire le roman gothique, sa voix profonde prononçant les mots d'un ton séducteur qui tranquillisa Gillian.

Celle-ci ferma les yeux pour se représenter les scènes du livre. Mais au lieu de Miss Gloria comme héroïne, c'était elle qui accompagnait cet homme mystérieux dans sa demeure magnifique quoique délabrée sur la côte de la Cornouailles. Et c'était James qui l'avait séduite dans la salle à manger, qui l'avait portée jusqu'au lit et lui avait fait l'amour avec une intensité sauvage qui l'excitait au lieu de l'effrayer. Ces rêves étaient exquis. Elle faillit gémir de protestation quand son corps fut soudain soulevé de sa chaise et qu'elle se réveilla dans les bras de James.

— Vous vous étiez endormie, murmura-t-il d'une voix rauque. J'ai pensé qu'il valait mieux que je vous porte jusqu'au lit.

— Vous m'emmenez au lit ? murmura-t-elle.

Cette pensée fit vibrer son corps. Gillian leva les yeux

vers le visage de James et replia lentement les bras autour de son cou alors qu'il la portait vers le lit.

— Oui, vous avez besoin de repos.

Il la reposa, mais quand elle le lâcha, il demeura au-dessus d'elle. Éclairés par la bougie, leurs visages n'étaient séparés que de quelques centimètres.

— Gillian.

Sa voix était plus rude à présent. Il était à bout et elle le ressentait également. Une fois franchie, cette barrière invisible les mènerait au scandale et au péché... mais cela importait-il vraiment ? Le désir qu'elle ressentait pour lui dépassait de loin les pensées rationnelles auxquelles elle s'était raccrochée plus tôt.

— Serait-ce vraiment mal si...

Elle n'acheva pas cette pensée, concentrée sur cette bouche tentante. *Seigneur, faites qu'il m'embrasse !* La force du désir qu'elle ressentait pour lui la faisait trembler dans ses bras.

— Ce serait vraiment mal... et *très bon.*

Il appuyait un bras de l'autre côté d'elle alors qu'il s'écartait encore plus du lit.

— Mais je vous ai promis de me comporter en gentleman.

Le corps de Gillian vibrait déjà à la pensée qu'il l'embrasse à nouveau. Il exsudait quelque chose qui lui faisait perdre la raison. Un gentleman qui avait un côté sauvage, un gentleman qui l'aimait profondément et luttait follement pour protéger ceux qui comptait pour lui, y compris elle.

Au diable les conséquences ! Elle déplaça une de ses mains vers sa cravate, tirant sur le fichu blanc et le dépliant jusqu'à ce qu'il soit assez lâche pour glisser de son cou. Elle la laissa tomber à terre. Il le regarda et quand il releva les yeux vers elle, ses lèvres pulpeuses affichèrent un sourire délicieusement dévoyé. Des étincelles descendirent le long de son corps alors qu'elle tendait la main vers les boutons de son gilet. Au même moment, il saisit sa chemise de nuit à la taille. Ils rirent tous les deux doucement et leurs visages se frôlèrent, joue contre joue, alors qu'ils se hâtaient de se déshabiller mutuellement. C'était comme si l'embarras naturel de Gillian s'était évanoui dans l'obscurité et qu'il ne restait plus qu'une créature dépendante du toucher, du goût et de l'odorat, alors qu'elle explorait le moindre centimètre carré du corps de James avec ses mains et sa bouche sans cesser de le déshabiller.

Une fois débarrassé de ses vêtements, il passa la chemise de nuit de Gillian au-dessus de sa tête. Elle n'eut pas le temps d'être timide. Il grimpa sur elle et l'embrassa follement.

— Ouvrez-vous à moi, mon amour, murmura-t-il contre mes lèvres.

Elle ouvrit la bouche, mais il lui tapota les genoux et elle se crispa.

— Patience, dit-il avec un ricanement. On va y aller lentement.

James frotta son nez contre la joue et elle s'accrocha à ses épaules alors qu'elle s'ouvrait lentement à lui. Le poids du corps de James était le bienvenu ; cela la faisait se sentir connectée comme un arbre immémorial dans un jardin sauvage oublié dont les racines poussaient jusqu'au centre de la Terre. C'était le lien et la connexion qu'il lui faisait ressentir pour lui.

Elle avait l'impression qu'ils s'embrassaient pendant des heures. Les lèvres de James étaient tendrement insistantes, ses mains turbulentes et ses membres mobiles alors qu'ils s'exploraient mutuellement. Elle n'avait encore jamais ressenti un tel besoin croître lentement en elle. Il paraissait exister hors d'elle alors qu'elle en cherchait encore davantage.

— C'est toujours comme cela ? demanda-t-elle contre ses lèvres.

— Comme quoi ? répondit-il d'un ton rauque.

Elle passa les doigts à travers les cheveux de la nuque de James et il frémit.

— Comme... comme si je m'enflammais de partout, comme si j'avais besoin de vous d'une façon que je comprends à peine.

Sa propre sincérité aurait dû la faire rougir, mais elle s'en fichait complètement.

— Non, ce n'est pas toujours ainsi. Je ressens la même chose, admit-il.

Elle eut le souffle coupé par son sourire canaille. Ne sachant plus quoi dire, Gillian lui embrassa le menton puis la gorge, avant d'enfoncer ses ongles dans la peau de ses épaules alors qu'il la pénétrait doucement. Son épaisseur et une note de douleur remplirent son intimité comme une étoile filante avant de disparaître, remplacés par une sensation de plénitude. En cet instant, il la complétait, la rendait entière d'une façon qu'elle n'aurait jamais pu se représenter. C'était la raison pour laquelle les femmes tombaient amoureuses, la raison pour laquelle les vauriens étaient aussi dangereux. Mais James n'était pas un vaurien, c'était un gentleman, comme il l'avait promis. Mais il était un gentleman qui savait utiliser son corps de façon agréablement dévoyée.

— Bougez avec moi, l'encouragea-t-il entre deux baisers.

Gillian cambra les hanches alors qu'il abaissait les siennes et la sensation d'être remplie s'accrut tant qu'elle eut du mal à respirer. Puis il se retira et elle le serra encore plus fort contre elle, l'encourageant à redonner un coup de reins. Ils échangèrent un léger gémissement alors que leurs hanches se rapprochaient encore et encore.

—Vous êtes divine, gronda-t-il. Bonté divine !

—Vous aussi.

Gillian hoqueta quand il la pénétra d'un autre coup de reins puis une vague de plaisir terrible et soudaine s'abattit sur elle.

Elle inspira et poussa un cri. Une seconde plus tard,

James couvrit la bouche de la jeune femme avec la sienne, étouffant ses cris. Puis il la pénétra à nouveau et enfonça son visage dans son cou, l'embrassant doucement alors qu'il s'écrasait sur elle. Pendant un moment, elle craignait de ne plus pouvoir respirer, mais il souleva son corps et roula sur le côté. Le corps nu de Gillian avait commencé à se refroidir et pendant une seconde, la raison et la logique menacèrent de l'entraîner loin de là, puis James remonta les couvertures sur eux et la prit dans ses bras avant d'embrasser son oreille.

— Dormez. Je suis là pour veiller sur vous.

Sa promise la suivit dans l'obscurité alors que le sommeil la rattrapait enfin.

***

James tenait Gillian dans ses bras et il regardait les bougies qui se consumaient lentement. Il avait été téméraire de la prendre ainsi, mais il ne le regrettait pas un seul instant. C'était la femme avec qui il avait envie de passer le reste de sa vie, mais il savait qu'il allait avoir du mal à la convaincre de l'épouser. Il y avait des secrets dans ses yeux et de la tristesse sur ses lèvres, et il aurait voulu savoir ce qui la remplissait autant de peur et d'hésitation. Il avait passé toute sa vie à se sentir mis à l'écart et distinct des autres. C'était difficile de trouver en société une jeune dame qui accepterait un époux qui souhaitait garder sa mère près de lui, une mère qui souffrait de la survenue précoce d'une maladie de l'esprit. De nombreuses jeunes dames de sa connaissance avaient mentionné qu'elles préféreraient que sa mère se retire à la campagne, loin des yeux et loin du cœur, mais James en était incapable. Gillian paraissait le comprendre et avait plus de compassion que n'importe quelle autre femme de sa connaissance. Elle était le genre de femmes qu'il pourrait épouser.

Il écarta de son visage une mèche de cheveux égarée et elle se blottit plus près de lui. La légère fragrance florale qui s'accrochait à ses cheveux lui rappelait ces étés d'autrefois quand il était garçon, à la campagne. Son père était alors en vie et sa mère en bonne santé. Letty et lui couraient autour des tables de thé sous les vastes canopées des pavillons qui étaient remplis d'amis venus des villages et domaines environnants.

Des étés emplis de la chaude lumière du soleil estival. C'était ce qu'il ressentait en prenant cette femme dans ses bras. Il n'arrivait toujours pas à croire qu'il soit parvenu à capturer une magie aussi étrange et merveilleuse. Quand sa mère était tombée malade et qu'elle avait perdu la majeure partie de sa capacité à suivre une conversation et à se souvenir des détails du présent, il avait promis qu'il trouverait le moyen de lui redonner son intégrité. Sa mère lui avait pris la main, le gris prématuré dans ses tempes lui prêtant une élégance mélancolique alors qu'elle lui parlait en souriant tristement.

Promettez-moi, James, que vous trouverez une façon de

capturer les arcs-en-ciel après les tempêtes que la vie vous apporte. Votre père était mon arc-en-ciel que j'avais capturé dans un récipient. Vous n'avez pas besoin de vous inquiéter pour moi. Suivez votre propre mystère fantastique et multicolore jusqu'au bout et attrapez-le avant qu'il soit trop tard.

Il avait eu du mal à la comprendre ; un garçon de seize ans souhaite rarement parler des philosophies de la vie. Mais à présent, il se demandait si Gillian serait peut-être son arc-en-ciel personnel. Mais comment l'attraper et la garder auprès de lui ?

— J'ai envie que vous m'apparteniez, murmura-t-il contre son front avant d'y déposer un tendre baiser insistant.

Le lendemain matin, il commencerait à pourchasser son arc-en-ciel fantastique et mystérieux jusqu'au bout.

4

Gillian se réveilla en sursaut et quelque chose remua à côté d'elle. Elle se figea quand elle se rendit compte qu'il y avait un homme dans son lit. Pas n'importe quel homme. L'immense corps nu du comte de Pembroke était allongé à côté d'elle, le bras étiré autour de sa taille, ses doigts enroulés contre sa peau. Elle sentait ses longues jambes emmêlées aux siennes. Un léger frisson descendit le long de son torse dénudé là où les couvertures étaient retombées jusqu'à ses hanches. Toujours assoupie, elle cligna des paupières et se rendit compte avec une certaine confusion qu'elle ne se trouvait même pas dans son propre lit.

Que se passe-t-il ?

Elle se toucha la tête afin de plaquer ses cheveux en arrière et grimaça quand une douleur vive se propagea autour de sa tempe droite. Les souvenirs de la nuit précédente lui revinrent en un flou sauvage. Les périls du club clandestin, la bagarre puis la folie de leur échappée et... l'intimité qu'elle avait partagée avec James juste ici, dans ce lit. Elle s'était ouverte à lui et ils avaient mutuellement partagé leurs corps.

Elle avait couché avec James... Non ! Lord Pembroke. Il ne pourrait jamais être James. Elle était domestique et il était lord. Ils devaient conserver leurs positions respectives.

J'ai commis une énorme erreur.

Gillian ne pouvait pourtant pas dénier qu'elle se sentait fantastiquement bien. Son corps était repu d'une façon qu'elle n'aurait jamais pu imaginer. Et quand elle essaya de se glisser hors de l'étreinte de James, son corps protesta, voulant plutôt se replonger dans la chaleur du lit avec lui. Elle se força à bouger, soulevant son bras de sa taille pour le laisser retomber contre lui. Dormant toujours, il murmura quelque chose avant de rouler sur le ventre, s'éloignant d'elle. Avec un soupir de soulagement, elle se glissa hors du lit.

Elle ne mit que quelques minutes à récupérer ses affaires. Sa robe était froissée et toujours couverte de gouttelettes de sang et de poussière de plâtre blanc qu'elle épousseta de son mieux.

— Seigneur, quelle histoire ! marmonna-t-elle avant de se glacer quand James se déplaça dans le lit, retourna son oreiller et le reposa.

Une fois qu'elle fut habillée, elle entrouvrit les rideaux

de la fenêtre à guillotine. L'aube n'était qu'une faible ligne rose sur les arbres et le sommet des maisons des rues londoniennes. Elle se disait qu'elle avait le temps de trouver une calèche et de rentrer à la maison avant que le personnel des Sheridan ne se réveille et découvre son absence. Que Sean Hartley – le valet qui était son ami – soit au courant des événements était une chose, mais elle ne voulait pas que le reste des domestiques aie vent de sa terrible erreur.

Se mordant les lèvres, elle enfila ses bottes et les laça, puis elle alla ouvrir la porte. Elle se faufila dans le couloir et vérifia qu'il n'y ait pas de domestiques. Gillian savait qu'ils allaient bientôt se réveiller. Dans les cuisines, la cuisinière nouerait son tablier autour de sa taille et inspecterait son pain de la veille. Les valets commenceraient à faire le tour pour allumer les lampes et les bonnes iraient bientôt ouvrir les rideaux et préparer des plateaux de petit-déjeuner pour James et sa famille. Gillian connaissait parfaitement ses routines parce que c'était son monde, celui des ordres murmurés et des clochettes, des plateaux de thé et de la lessive. Son monde n'était pas fait de lits moelleux, de jolies robes et de bals somptueux. C'était le monde auquel James appartenait.

Au moins, j'ai les souvenirs pour me tenir chaud pendant les longues années solitaires qui m'attendent.

Gillian descendit les marches et atteignit la porte d'entrée.

— Miss Beaumont ?

La voix du Dr Wilkes la figea sur place. Elle regarda par-dessus son épaule et vit le médecin émerger d'une des pièces du bas.

— Oh, bonjour, Dr Wilkes. Comment allez-vous ?

Le docteur sourit.

— Bien. Comment vous sentez-vous ? J'aimerais examiner votre tête avant que vous partiez.

— Oh, mais...

— Je vous en prie, dit-il. Je suis médecin et c'est dans ma nature de m'inquiéter. Cela ne prendra qu'un moment. Je m'apprêtais à apporter son médicament du matin à la comtesse douairière. Elle se trouve au salon. Si cela ne vous fait rien, je préférerais garder un œil sur elle pendant que nous sommes seuls.

— Euh, oui, bien sûr.

Gillian le suivit dans le salon. Une vieille femme était assise dans un fauteuil en face de la fenêtre qui donnait sur un jardin ravissant. La lumière violette du matin faisait ressortir les teintes lumineuses de la glycine qui grimpait sur les murs autour des fenêtres. La main de la femme était ouverte sur la vitre comme si elle avait envie de toucher les bourgeons colorés à l'extérieur.

— Comment est-elle ? demanda Gillian au docteur.

La voix du Dr Wilkes était pleine de compassion.

— Un peu plus distante aujourd'hui. Elle a ses bons jours et ses mauvais jours.

La gorge de Gillian se serra en songeant à James qui

devait s'occuper de sa mère pendant ses mauvais jours, lorsqu'elle était à peine présente.

— À présent, occupons-nous de vous.

Le Dr Wilkes la fit se rapprocher de la fenêtre, près de la mère de James, afin de pouvoir examiner sa tête.

— La plaie a l'air propre, mais c'est enflé. Vous aurez probablement un bleu. Comment vous sentez-vous ?

— C'est juste un peu sensible.

— Vous n'avez pas le vertige ni l'esprit embrouillé ?

— Non.

Ses pensées étaient floues, mais cela n'avait rien à voir avec le coup qu'elle avait reçu à la tête, plutôt à l'homme qui lui avait fait l'amour.

— Bonjour, dit une douce voix féminine qui fit se crisper Gillian.

Elle se rendit alors compte que c'était la mère de James. Elle observait Gilllian avec des yeux bruns curieux.

— Bonjour, répondit Gillian en regardant le Dr Wilkes qui l'encouragea d'un sourire.

— Abigaïl, voici Miss Gillian Beaumont. C'est une amie de James.

— Oh ?

Un sourire illumina le visage de la vieille femme.

— Vous connaissez mon James ?

— Oui, répondit Gillian en essayant d'ignorer la chaleur qui lui monta au visage.

— C'est un gentil garçon qui suit toujours son père partout. Il ressemble tant à mon Henry !

Le sourire de Gillian s'évanouit quand elle se rendit compte que la mère de James confondait le passé et le présent. Puis elle se reprit rapidement et s'adapta.

— Comment est Henry ? demanda-t-elle à la vieille dame.

— Henry ?

Elle sourit d'un air rêveur.

— C'est un parfait gentleman. Je l'ai épousé quand je n'avais que dix-sept ans. Il avait vingt-quatre ans et était si beau ! Toutes mes amies étaient terriblement jalouses, mais je me fichais qu'il soit le futur comte de Pembroke. Pour moi, il était simplement Henry. J'étais seulement la fille d'un écuyer, vous savez. Je n'aurais jamais pensé qu'il me remarque, mais je dansais très bien. Les meilleurs hommes aiment danser autant que les femmes.

Gillian s'assit dans un fauteuil à côté de la comtesse douairière.

— Oh ?

— Oui. J'avais des petits pieds rapides à l'époque.

Elle pouffa.

— Henry est descendu de Londres cette année et nous avons dansé au bal de Noël de son père. Il m'a dit des années plus tard qu'il n'avait jamais regretté de n'avoir dansé qu'avec moi ce soir-là, même si ses parents étaient quelque peu scandalisés.

Gillian entrevit la jolie jeune femme que la mère de James avait été. Cela ne rendait sa maladie que plus déchirante. Elle avait l'air d'être une femme extraordinaire et savoir que la personne qu'elle était autrefois se dissipait lentement brisait le cœur de Gillian.

— James est-il bon danseur ? s'enquit-elle.

— James ? demanda lady Pembroke en plissant des sourcils confus.

— Oui, votre fils.

— Mais je n'ai pas de fils. Je ne suis mariée que depuis un an.

La vieille femme la regardait à présent en fronçant les sourcils. Ses mains tiraient follement sur le châle posé sur ses genoux, effilochant les rebords du tissu.

— Mais James est un beau prénom...

— Lady Pembroke, laissez-moi vous servir du thé, s'empressa de dire le Dr Wilkes.

Il la rassura et plaça une tasse de thé dans ses mains.

— Je devrais y aller, dit Gillian. Désolée de l'avoir contrariée.

Le Dr Wilkes secoua la tête.

— Allons, donc. Vous vous êtes très bien débrouillée. Peu de jeunes dames auraient toléré la situation aussi bien que vous.

— Toléré ? Elle a besoin de compassion, dit Gillian, désarçonnée à l'idée que qui que ce soit puisse être contrarié par la vieille dame.

Le Dr Wilkes hocha la tête.

— Effectivement, mais la plupart des jeunes dames de votre âge ne savent pas comment s'occuper de quelqu'un dans l'état de lady Pembroke. Pour la plupart des gens, cela leur rappelle trop leur propre mortalité, chose qui n'est pas facile à accepter.

— Oh, c'est... c'est terrible. Elle est très gentille.

— N'est-ce pas ?

Le docteur tapota les épaules de lady Pembroke qui buvait son thé en regardant les jardins. Gillian espérait sincèrement que quelque part, au plus profond d'elle, lady Pembroke gardait au fond d'elle quelques souvenirs sur lesquels elle pouvait toujours se reposer, ne serait-ce que temporairement.

— Merci, Dr Wilkes, de vous être occupé de moi hier soir.

— Bien entendu. J'étais content de le faire. Le lord sait-il que vous partez ? Je pensais que tous les deux, vous prendriez le petit-déjeuner avec Miss Fordyce et moi-même tout à l'heure.

— Non ! hoqueta Gillian avant de se calmer. Je veux dire non, il dort toujours. Je ne voulais pas le contrarier et compte tenu de la nature scandaleuse de mon arrivée, je ne suis pas certaine de pouvoir faire face à Miss Fordyce pendant le petit-déjeuner.

Letty, la sœur de James, était merveilleuse, mais elle était également protectrice envers son frère aîné et avait exprimé clairement qu'elle ne voulait pas que des femmes malintentionnées brisent le cœur de son frère. Ces sentiments étaient compréhensibles et particulièrement nobles. James méritait une femme qui aimerait s'occuper non seulement de lui, mais également de sa famille. Dans une autre vie, Gillian aurait tout donné pour être cette personne, mais James ne pouvait pas épouser la fille bâtarde d'un comte, du moins pas tant qu'elle travaillait comme domestique.

— Bonne journée, Dr Wilkes.

Elle embrassa le docteur sur la joue, reconnaissante pour tout ce qu'il avait fait. L'homme rougit et lui dit au revoir avant de retourner au côté de lady Pembroke.

Quand Gillian quitta la maison, le soleil se levait enfin au-dessus des autres demeures, peignant les rues avec une pâle lumière matinale. Des calèches commençaient à rouler le long des pavés et bientôt, des gens sortiraient faire leurs promenades du matin. Gillian héla une calèche et jeta un dernier regard à la maison de James. Puis elle dit au revoir à ses rêves une bonne fois pour toutes.

Elle était partie. Quand James s'était réveillé quelques heures après l'aube, ce constat lui avait fait l'effet d'un coup de couteau en plein cœur. La femme avait qui il avait partagé la nuit la plus intime de sa vie l'avait abandonné. Ce n'était pas James qui s'était enfui comme un rebelle sans cœur, c'était elle ! C'était comme si son monde s'était complètement retourné.

James se pencha par-dessus le rebord du lit et regarda le sol où ses vêtements froissés étaient empilés. Il était complètement nu – ce qui n'était pas inhabituel –, mais pour une fois, il ne se sentait pas exposé. Il n'avait jamais pris de maîtresse et avant la nuit dernière, n'avait couché qu'avec une seule femme. Toutefois, il avait eu l'impression que c'était lui qui avait perdu sa virginité et non Gillian.

— Milord ? lui parvint la voix du Dr Wilkes à travers la porte fermée.

— Oui, Dr Wilkes. Donnez-moi un moment.

Il quitta maladroitement son lit et enfila quelques vêtements à la hâte. Quand il ouvrit la porte, il vit le médecin qui fronçait les sourcils.

— Je voulais voir comment vous alliez. Cela ne vous ressemble pas de...

Les yeux du Dr Wilkes se dirigèrent sur le lit et la tache de sang que James avait oublié de couvrir dans sa hâte d'aller répondre à la porte.

Oh, non ! Il devinerait certainement ce qui s'était passé.

Le Dr Wilkes s'éclaircit la gorge.

— Miss Beaumont est partie. Quand vous avez sauté le petit-déjeuner, je me suis inquiété.

Le médecin, toujours professionnel, ne mentionna pas qu'il comprenait clairement ce qui s'était passé la veille.

— Reste-t-il à manger ? demanda-t-il.

— La cuisinière a gardé quelques kippers, du hareng, des œufs et des plats sur la console. Ils doivent encore être chauds.

— Merci.

James savait qu'il aurait dû se laver et enfiler des vêtements propres, mais son ventre gargouillait. Il n'avait quasiment rien avalé avant de se rendre à Coventry, au club clandestin.

— Comment va ma mère aujourd'hui ? demanda-t-il alors que le médecin restait à sa hauteur.

— Plutôt bien. Miss Beaumont a eu l'opportunité de rencontrer votre mère avant son départ, pendant que j'examinais sa blessure.

James se figea. Gillian avait rencontré sa mère ? Pas étonnant qu'elle ait quitté la maison à toute hâte ! Avoir de la compassion en paroles était plus facile que dans les faits. Elle avait certainement été dépassée par la condition de sa mère qui se détériorait et avait pris les jambes à son cou.

— Miss Beaumont a-t-elle été très troublée par ma mère ? s'enquit-il en essayant de conserver une voix détachée.

—Pas le moins du monde.

Le Dr Wilkes et James descendirent les escaliers et se dirigèrent vers le salon.

— Elle a eu une conversation polie avec elle et a été capable de la faire parler plus que j'ai réussi à le faire ces derniers jours.

Le cœur de James eut un léger sursaut. Il ne s'était pas attendu à cela.

—Vraiment ? Mère a parlé avec Gillian ?

Remarquant peut-être qu'il avait appelé la jeune

femme par son prénom, le médecin le dévisagea pendant un instant avant de répondre.

— Oui, elle a parlé de votre père et de leur rencontre. C'est toujours une histoire charmante.

Les yeux du Dr Wilkes étaient doux et James était fier de savoir qu'il avait trouvé un des rares médecins de Londres qui ne laissait pas la science être son seul guide. C'était pour cela que James l'avait engagé. Il avait besoin d'un homme qui aurait à cœur de s'occuper de sa mère.

— Et Gillian, comment va-t-elle ? Je ne l'ai pas vue avant qu'elle parte ce matin.

— Elle a l'air bien. C'est une femme qui a la tête solide, Dieu merci.

Alors que le Dr Wilkes et lui entraient dans la salle à manger, James récupéra son assiette et se servit des kippers, des œufs et du café avant de s'installer en face des jardins. Le Dr Wilkes alla à la fenêtre et observa le paysage.

— Ma mère se repose-t-elle, à présent ? demanda James.

—Oui.

Le médecin se tourna vers James qui plissait toujours le front.

— Milord, elle commence à perdre le contrôle de ses membres et elle a essayé de se promener sans domestiques pour veiller sur elle. J'ai peur que si elle tombe, nous ne puissions pas...

Les paroles du vieil homme moururent dans le silence de la chambre.

James reposa la fourchette et son ventre se serra douloureusement.

— Que proposez-vous que nous fassions ?

La solennité affirmée de la voix du médecin terrifiait James.

— Nous devrions songer à la transférer au domaine de Pembroke. Je sais que vous aimeriez rester près d'elle, mais elle aura besoin de vivre dans un endroit sans escaliers. Le manoir comporte des chambres au rez-de-chaussée.

Le Dr Wilkes avait raison. Avec moins de marches, le domaine serait bien mieux pour elle, mais cela signifierait qu'il ne la verrait pas aussi souvent. La plupart des investissements de sa famille le tenaient occupé à Londres. Il y réfléchit pendant un long moment. Comme toutes les mères, la sienne avait dû faire beaucoup de sacrifices et perdre leur père avait été le plus douloureux. James voulait faire au mieux pour sa mère. Il lui devait les meilleurs soins possibles afin de la remercier de son amour indéfectible envers Letty et lui durant toutes ces années, en dépit de sa maladie. La gorge serrée, il croisa le regard du Dr Wilkes.

— Allez effectuer les préparatifs nécessaires. Je vais m'organiser pour pouvoir me retirer à la campagne pour le reste de la saison.

Le Dr Wilkes se tira une chaise, s'assit et s'éclaircit la gorge.

— Puis-je être franc avec vous, Milord ?

— Bien entendu. Vous pouvez toujours parler franchement, lui assura James.

Il avait engagé le docteur cinq ans auparavant et entre-temps, il avait fini par le considérer comme un ami.

— J'admire la noblesse de votre cœur, votre désir de rester avec elle alors que son monde intérieur s'assombrit.

La voix du Dr Wilkes se durcit et il marqua un temps d'arrêt comme s'il avait besoin d'un moment pour maîtriser ses émotions.

— Mais vous risquez de vous perdre, Milord. Votre propre vie est figée, alors que le reste du monde continue de tourner sans vous. Vous méritez une vie, vous aussi, une vie de joie, avec un mariage et des enfants. Votre mère n'aurait pas voulu que vous sacrifiiez votre propre existence pour le bien d'autrui.

Rougissant d'embarras, le Dr Wilkes détourna le regard en achevant sa phrase.

Pendant un moment, James réfléchit aux paroles de son ami. C'était vrai. Il voulait une vie. Il avait laissé les peurs qu'il ressentait pour sa mère l'isoler dans un coin d'où il craignait à présent de sortir. Mais il ne pouvait pas simplement la renvoyer pour devenir le problème de quelqu'un d'autre.

Le Dr Wilkes prit la parole.

— Je dirais que le changement d'environnement

pourrait même contribuer à améliorer quelque peu sa condition. Je vous assure que je ferais tout ce qui est mon pouvoir pour garder son esprit actif. Quand vous aurez le temps, vous la rejoindrez. Mais pas avant.

— Je... Vous avez peut-être raison. Je resterai à Londres, mais si elle a besoin de moi pour *quoi que ce soit*, vous devrez me faire quérir immédiatement.

— Bien entendu, jura le Dr Wilkes.

L'esprit de James fut submergé par la panique chaotique de devoir éloigner sa mère mêlée à la peur de ne plus jamais revoir Gillian. Le Dr Wilkes avait raison. Il devait continuer, devait trouver le bonheur... et cela signifiait trouver Gillian Beaumont. Il allait commencer par se rendre à la maison du vicomte Sheridan pour l'y chercher. Audrey Sheridan devait bien savoir où se trouvait Gillian.

Il quitta la salle à manger et se dirigea vers son étude où il conservait un exemplaire récent de *Debrett's*. Il parcourut les pages à la recherche du nom Beaumont. Si elle était liée à un pair du royaume, elle s'y trouverait. Avec un petit cri de triomphe, il trouva le nom de Beaumont et fronça les sourcils. Le comte de Morrey s'appelait Adam Beaumont et il n'avait qu'une sœur appelée Caroline, comme le lui avait dit Wainthorpe.

Gillian était peut-être une cousine distante. Non titrée et se targuant d'un vague lien de parenté ? Si c'était le cas, elle ne serait pas incluse dans le *Debrett's*. James referma le livre et le remit à sa place entre les autres titres dorés avant de retourner vers ses appartements. Dans quelques heures, il rendrait visite à Audrey Sheridan.

Ou peut-être devrait-il dire à *Madame Société*.

———

— JE CROIS QUE VOUS ÊTES DEVENUE FOLLE, DIT GILLIAN À SA maîtresse.

Allongée sur le ventre sur son lit, Audrey rédigeait son prochain article pour la *Gazette de la Lorgnette*. Un chat noir au pelage lustré donnait des coups de patte à sa plume à chaque fois que la jeune femme fronçait les sourcils, raturait une ligne et réécrivait quelque chose à la place.

— Hum ? murmura Audrey qui n'écoutait clairement pas.

Gillian leva les yeux au ciel. Elle plia la robe en soie rouge que sa maîtresse avait portée la nuit précédente, même si elle était peut-être irrécupérable. Elle était déchirée et ses coutures étaient arrachées en plusieurs endroits, sans doute lorsqu'Audrey était passée par la fenêtre.

— J'ai dit que je crois que vous êtes devenue folle, Milady.

Audrey détourna les yeux de sa feuille de papier et contempla Gillian.

— Folle parce que j'écris un exposé sur les Pêcheurs

diaboliques de l'Enfer ou bien parce que j'ai ramené Archimède ?

Elle se tourna vers le ravissant chat noir posé sur le lit à côté d'elle.

— Les deux, je dirais.

Gillian regarda le félin. Les Pécheurs diaboliques avaient affirmé qu'il était le diable en personne. Elle n'était pas assez bête pour croire en de telles bêtises, mais le chat avait une manière étrange de la considérer. Elle sentait son regard quand elle lui tournait le dos.

— Allons, donc. Nous avons démasqué la plupart des hommes pendant la bagarre d'hier soir et il est temps de faire savoir à la bonne société qui parmi eux ne sont pas de vrais gentlemen.

Gillian poussa un grognement de désapprobation.

— Et que pense Mitaines d'Archimède ?

— Mitaines ? Oh, elle a un peu boudé au début, mais je crois qu'elle s'y habituera.

Audrey dévisagea le chat d'un air critique.

— Il ressemble un peu à Manchon, ne trouvez-vous pas ?

— Manchon avait l'air gentil, fit Gillian en songeant au frère de Mitaines.

Les deux vieux chats faisaient partie du foyer depuis qu'ils étaient chatons. Au fil des années, ils étaient devenus une présence bienvenue, mais à l'automne dernier, quelqu'un avait tué Manchon pour lancer un message, pour blesser et mettre en garde le frère d'Audrey.

Après la mort de Manchon, Mitaines avait erré dans la maison, implorant son retour à grands cris. Elle avait finalement cédé et avait repris ses anciennes routines, mais elle n'avait jamais plus été la même.

— Archimède est gentil, dit Audrey.

— J'en doute fortement, répondit Gillian en reprenant les bottes d'Audrey pour les poser dans le couloir où Sean viendrait les récupérer pour les polir. Pourquoi l'avez-vous appelé Archimède ? Je crois que Lucifer aurait été plus approprié.

Audrey se pencha en avant et couvrit les oreilles du chat comme pour le protéger de ce qu'il aurait pu entendre.

— Juste parce qu'il présidait à un festin diabolique ne signifie pas que ce soit un chat du malin. Il a peut-être été entraîné dans cette histoire sous de faux prétextes, comme nous.

Gillian ne parvint pas à contenir un rire.

— *Entraîné dans cette histoire sous de faux prétextes...* C'est un chat ! Ils l'ont probablement capturé dans une allée quelconque.

— Foutaises !

Audrey se rassit et plaqua le félin contre sa poitrine avant de frotter son visage contre sa fourrure.

— Les chats ne vont nulle part contre leur volonté. Pendant la fête, il a attaqué un des hommes, lord Augersley, avant que je le retire de la table. Pourtant, il ne s'est absolument pas débattu contre moi, n'est-ce pas ? demanda Audrey au chat.

L'animal cligna des paupières.

— Seigneur Dieu !

Gillian grogna et se dirigea vers la porte. Elle n'avait aucun désir d'écouter Audrey vanter les louages d'un chat diabolique.

J'avoue que ma tolérance à des limites.

— On ne va vraiment pas en discuter ?

Le ton doux d'Audrey freina Gillian avant qu'elle n'atteigne la porte. Sa main reposait sur la poignée en laiton et elle inspira lentement.

Elle ferma les yeux un moment et pria pour sa maîtresse ne l'interroge pas à propos de James ou d'elle.

— De quoi… ?

— D'hier soir. Jonathan m'a ramenée à la maison, mais vous êtes seulement revenue très tôt ce matin. Le messager qui m'a apporté le mot a dit que vous avez été blessée et que James vous avait ramenée chez lui.

Gillian grimaça quand elle se souvint du mot que lord Pembroke avait envoyé aux Sheridan.

— Gillian, dit Audrey d'un ton encore plus doux. Je sais que vous avez un penchant pour lui. Aucune raison d'en avoir honte.

— Ah non ?

Elle se tourna vers Audrey, un goût acide dans la bouche.

— Maintenant et à jamais, je ne serai jamais convenable pour quelqu'un comme lui. Je suis une *bonne*, pas une dame. C'est un comte. J'aurais de la chance si je deviens sa maîtresse.

—James n'a jamais pris de maîtresse. Du moins, pas à ma connaissance et n'oubliez pas qui je suis.

Audrey battit l'air avec sa plume alors qu'elle se laissait glisser du lit et écartait Archimède de sa lettre. Gillian aurait pu jurer qu'elle avait vu le chat lire la feuille de papier. C'est là qu'elle comprit qu'elle avait reçu un bon coup à la tête. Les chats ne savent pas lire !

— Gilly, nous devons discuter de votre relation avec James.

— Qu'il ait une maîtresse ou non n'est pas la question. Lui et moi ne pourrions jamais...

Elle ferma la bouche, détestant les larmes qui lui emplirent soudain les yeux.

Audrey s'approcha et étreignit tendrement Gillian. Celle-ci éclata alors en sanglots.

— Pleurez autant que vous voulez. Je me sens toujours mieux après. Les hommes ne comprennent tout simplement pas le pouvoir d'une bonne crise de larmes.

Gillian renifla et poussa un gloussement inquiet.

— Il y a bien trop de choses que les hommes ne comprennent pas.

—Je ne vais pas dire le contraire.

Audrey ricana et lâcha Gillian, mais son visage redevint sérieux.

— Laissez-moi vous dire quelque chose à laquelle

j'exige une réponse honnête, même si cela vous fait mal.

Gillian hocha la tête. Elle aurait quasiment tout fait pour Audrey. Leur loyauté mutuelle était presque celle de sœurs.

— Si vous étiez une dame et James un gentleman ordinaire, et qu'il n'y avait pas le moindre problème de statut social ou toutes ces sottises, souhaiteriez-vous être avec lui ?

Gillian combattit le déni instantané ainsi que le besoin de dissimuler ses sentiments et ses émotions. En tant que fille illégitime d'un pair, elle avait vite intégré que ses sentiments et ses pensées ne mèneraient qu'à la tristesse. Toutefois, Audrey avait exigé l'honnêteté, et elle avait promis de la lui fournir.

— Oui.

Les yeux d'Audrey pétillèrent.

— C'est tout ce que j'avais besoin d'entendre.

Elle se retourna et sa robe rose battit l'air alors qu'elle se rasseyait sur le lit pour reprendre la rubrique de Madame Société.

— Vous n'avez pas l'intention de vous en mêler ?

Gillian essaya de tourner la question prudemment, mais elle sonnait toujours d'un ton accusateur.

— M'en mêler ? Certainement pas.

Audrey lut la feuille de papier en soupirant avant de s'arrêter abruptement.

— J'avais simplement besoin de savoir ce que vous pensez pour pouvoir mieux gérer cette situation si elle se présente à l'avenir. Je comprends vos peurs. Cela m'écorche la bouche de l'admettre, mais un comte et une suivante représenteraient une situation quelque peu impossible. Cela dit, je ne veux pas non plus voir des cœurs brisés non plus. Alors, mieux vaut prévenir que guérir, comme on dit. Je vous assure que je m'occuperai de cette histoire comme il se doit si l'occasion se présente.

Gillian ne la croyait absolument pas. *Indiscrète* aurait pu être le deuxième prénom d'Audrey au lieu d'Helen, celui que ses parents lui avaient donné.

— Pourquoi ai-je du mal à vous croire ? marmonna Gillian.

— Vous avez l'air un peu pâlichonne, ma chère. Pourquoi ne descendriez-vous pas aux cuisines afin de vous reposer un peu et boire du thé ? Je vais rester ici à travailler sur mon article et je n'aurai pas besoin de vous.

Audrey ne la regardait plus, mais Gillian savait que ce congé précipité voulait dire que sa maîtresse mijotait quelque chose. Elle songea à rester la surveiller, mais elle préféra céder.

— Très bien.

Elle quitta la chambre à coucher et croisa Sean dans le couloir pendait qu'il ramassait les bottes qu'elle avait posées là pour les faire polir.

— Je pars chercher du thé et un peu de repos. Voudriez-vous bien veiller sur elle ?

Le séduisant valet lui décocha un sourire.

— Reprend-elle donc ses vieilles habitudes ?

— J'en ai bien peur. Elle sait que je suis en colère contre elle parce qu'elle s'est rendue à ce club horrible hier soir. Elle n'était pas censée y aller, particulièrement pas toute seule.

— Oui, c'est une jeune femme téméraire.

L'accent irlandais de Sean adoucissait toujours ses critiques. Ils s'appréciaient beaucoup tous les deux et Gillian savait qu'il s'inquiétait autant pour Audrey que pour elle-même. Sean était le grand frère qu'elle n'avait jamais eu.

— J'espérais la voir se poser. Avant, elle était si enthousiaste à propos de M. Saint-Laurent... mais à présent, elle ne souhaite même pas le recevoir quand il passe nous rendre visite !

— C'est vrai, dit Sean. Je pense que si c'était moi qui en pinçais pour elle, je l'aurais kidnappée pour l'emmener à Gretna Green. Je ne laisserais rien au sort. Elle doit épouser cet homme, mais pour une raison quelconque, elle a décidé du contraire à présent.

— Sean, soupira Gillian, si vous croyez que ceci est la solution aux problèmes de Madame, je crois que vous avez lu trop de romans gothiques.

Si elle continuait à s'inquiéter de la sorte pour sa maîtresse, elle aurait des rides et des cheveux blancs avant l'heure. Sean avait peut-être raison. Livrée à elle-même, elle se représentait Audrey inventant toutes sortes de protestations et d'excuses pour le refuser.

— Laissez-moi aller vous chercher du thé.

Sean l'escorta au bas des escaliers, les bottes délicates d'Audrey calées sous l'un de ses bras alors qu'il ouvrait la porte qui menait aux cuisines.

Le coup soudain du heurtoir de la porte d'entrée les figea tous les deux.

— Attendez ici et on verra qui c'est.

Sean posa les bottes et se dirigea vers la porte. Gillian vit la lumière brillante traverser le vestibule quand Sean ouvrit la porte. Une haute silhouette s'y tenait, son chapeau calé sous un bras.

— Mon nom est James Fordyce. J'aimerais rendre visite à Miss Sheridan. Est-elle à la maison ?

James ! Gillian se réfugia à moitié dans la cage de l'escalier qui menait aux cuisines. Cachée derrière la porte, elle vit James entrer dans le vestibule.

— Je vais voir si Miss Sheridan peut vous recevoir, dit Sean qui grimpa rapidement les marches.

Gillian ne put s'empêcher d'étudier James depuis sa cachette, se souvenant de lui la nuit précédente. C'était comme si tout avait été une sorte de rêve merveilleux. Le flou de l'obscurité, les membres entremêlés, les gémissements et les soupirs, le plaisir croissant qui l'avait aveuglée pendant plusieurs secondes avant qu'elle en ressorte, tremblante et faible. Avaient-ils vraiment fait l'amour ? Ou bien avait-ce été un rêve enfiévré qu'elle croyait vrai simplement parce qu'elle aurait voulu que ce soit le cas ?

James observa le vestibule sans la voir, dissimulée dans sa cachette. Le pantalon beige qu'il portait moulait les jambes athlétiques qu'il avait plaquées contre les siennes dans le lit. Ses épaules larges remplissaient sa veste marron. Un gilet doré faisait ressortir la chemise blanche en dessous, comme celle qu'elle lui avait retirée la nuit précédente. Les joues rougissantes, elle essaya de chasser les souvenirs de la veille.

Que le ciel me vienne en aide ! Cela n'avait pas été un rêve et elle n'aurait jamais été capable de faire semblant que cela l'était. C'était gravé dans son cœur.

Audrey descendit les marches un moment plus tard et salua James avec une étreinte. Gillian grimaça. Elle savait que sa maîtresse était de nature affectueuse, mais elle ne pouvait pas ignorer l'éclair de jalousie quand elle les vit se toucher. Bien entendu, elle savait qu'il n'y avait rien entre eux, mais *elle* aurait voulu étreindre James de la sorte.

—James ! Venez au salon. Je vais faire servir du thé.

Alors qu'ils passaient devant elle, Gillian s'aplatit contre un mur près des escaliers de derrière qui menaient aux quartiers des domestiques. Elle retenait son souffle en écoutant la voix de James diminuer lentement tandis qu'ils l'éloignaient de plus en plus.

J'ai passé une nuit fantastique. C'est plus que ce que connaîtront la plupart des femmes. Je devrais en être reconnaissante. Un endroit sûr où dormir, une employeuse qui me protège et des amis...

Mais après avoir partagé un lit avec le comte de Pembroke, elle savait que sa vie ne serait plus jamais la même.

5

James n'avait pas envie de s'asseoir, mais quand Audrey lui en intima l'ordre alors qu'elle lui versait du thé, il céda à la politesse et s'installa dans le fauteuil le plus proche. Il prit un moment pour étudier celle qui se dressait devant lui. Elle avait d'aller l'air bien et ses yeux brillaient, dépourvus de la moindre trace des horreurs sombres auxquelles elle avait fait face la veille au soir. Comme Gillian, elle ne ressemblait à aucune autre. Il avait l'habitude de rencontrer des créatures vantardes et imbéciles qui se concentraient seulement sur le titre et la fortune d'un homme. Les deux petites Amazones et leurs esprits guerriers le surprenaient... et le fascinaient.

— Comment vous sentez-vous depuis la nuit dernière ? Je crains qu'à cause du chaos, nous n'ayons pas pu éviter d'être séparés. J'en déduis que M. Saint-Laurent vous a ramenée saine et sauve à la maison.

— Oh oui, nous allons bien.

Elle lui tendit une tasse de thé qu'il accepta, n'en prenant une gorgée que lorsqu'elle en eut avalé une. Il ne buvait pas souvent du pekoe orange, mais il aimait les nuances subtiles des épices sur sa langue. Audrey avait des goûts excellents en matière de thés.

— Et Miss Beaumont ? Est-elle rentrée saine et sauve chez vous ce matin ?

Il patienta et la scruta, espérant qu'elle trahisse enfin un indice sur l'emplacement de Gillian ou la teneur de leur relation.

—J'ai raté son départ plus tôt.

Les lèvres d'Audrey affichèrent un petit sourire.

— Oui. Merci de vous être aussi bien occupé d'elle, James. Gillian m'est très précieuse. C'est une de mes meilleures amies.

—Ah oui ?

Il s'avança, impatient d'en apprendre plus. Gillian se montrait de plus en plus mystérieuse, posant plus de questions qu'elle offrait de réponses.

— Oui, nous nous connaissons depuis trois ans. Depuis que nous avons seize ans. Je lui confie tous mes secrets.

Audrey le regarda droit dans les yeux.

— *Tous* mes secrets.

Il posa la tasse sur la table laquée disposée entre eux

et regarda autour de lui pour s'assurer qu'on ne les entende pas.

— Elle est au courant pour votre... travail ?

Audrey hocha la tête.

— Et j'espère que vous garderez également le secret, Milord.

— Personne ne l'entendra de ma bouche, mais je crains que votre secret ne soit plus protégé. Après la nuit dernière, il est parfaitement clair que des hommes tels que Gérald Langley auront soif de revanche. Vous devez faire attention. Toutes les deux. Langley a vu le visage de Miss Beaumont et je crains qu'il ne lui arrive malheur.

Il porta la tasse jusqu'à ses lèvres et mesura prudemment ses paroles suivantes. Il était parfaitement clair qu'Audrey protégerait son amie de toute menace, mais il espérait qu'elle le perçoive en tant qu'allié.

—Ai-je un seul moyen de la revoir ?

Le regard acéré d'Audrey revint sur lui.

— Cela dépend. Quelles sont vos intentions, James ? En tant que Madame Société, je ne défie pas seulement les conventions de la haute société avec mes chroniques mondaines ; je fais également d'autres choses.

James hocha la tête.

— Oui, j'ai entendu dire que vous êtes une entremetteuse. Alors je suis venu vous implorer de m'aider à conquérir Gillian... je veux dire Miss Beaumont. Il priait pour qu'aucune note de désespoir ne s'entende dans sa voix.

Elle posa la tasse et le cliquetis de la porcelaine résonna fort dans la pièce silencieuse. Elle replia les mains sur ses genoux et sa robe vert pâle bruissa quand elle se rapprocha de lui. L'intensité de son regard était comme un rayon lumineux du soleil de l'après-midi et il cligna des paupières.

— Je dois vous poser une question. L'honnêteté compte, alors il serait sage de votre part de me dire simplement la vérité.

Lui aussi se pencha en avant, sentant le besoin de confidentialité en cet instant.

— Bien entendu. Il ne lui était jamais venu à l'esprit de cacher ses sentiments ou de mentir, pas à propos de Miss Beaumont.

—Vous l'aimez ?

—Si je l'aime ? répéta-t-il.

Le mot le remplit d'une douce chaleur dans sa poitrine, mais il n'était pas un imbécile. S'il disait oui, Audrey ne le croirait pas. Elle voulait de l'honnêteté et il allait la lui donner.

— Je ne la connais pas depuis assez longtemps pour être certain de l'amour, mais je sais que depuis le moment de notre rencontre, quelque chose paraît faire sens quand je suis avec elle. Comme les pièces d'un puzzle qui se mettent en place ou la façon dont la mer et le rivage se retrouvent. Je me sens lié à elle d'une façon qui défie les explications les plus rationnelles. Elle est intelligente, pleine de compassion et courageuse.

Tout ce que je souhaiterais trouver chez une partenaire de vie.

Les lèvres d'Audrey se courbèrent légèrement.

— Vous la trouvez belle, aussi ?

— Bien entendu, mais la beauté n'est pas simplement celle du visage et du corps. Elle s'étend bien plus profondément, dans l'esprit et l'âme. Cette beauté grandit avec le temps au lieu de s'atténuer.

Audrey s'installa confortablement dans son fauteuil avec un air pensif sur le visage.

— Après une rencontre aussi brève, il est impossible que vous la connaissiez aussi bien. Et si vos hypothèses à son propos étaient fausses ?

Les yeux d'Audrey restaient acérés.

— Je crains de ne pas comprendre.

— Si vous choisissez d'être avec elle et que cela menaçait de détruire votre vie tout entière, alors quoi ? Le regretteriez-vous ? L'abandonneriez-vous, souhaiteriez-vous ne jamais l'avoir rencontrée ?

James baissa la tête pour réfléchir à sa réponse. Il observa le thé qui restait dans sa tasse avant de reprendre la parole.

— Et la vie de Gillian ? demanda-t-il.

— Pardon ?

Audrey n'avait pas l'air de le comprendre, aussi poursuivit-il.

— Allons, vous dites qu'être avec elle risque de détruire ma vie, mais cela risquerait-il de détruire la sienne aussi ? Si c'est le cas, je n'aurais pas d'autre choix que de nous épargner cette douleur à tous les deux. Mais si vous parlez de ma vie seulement... eh bien... Je crois que dans la vie, certaines personnes valent le chagrin et les moments difficiles. Pour moi, Gillian est cette femme-là. Je crois sincèrement qu'elle vaut n'*importe quoi*.

Audrey lui sourit, quoiqu'avec une note de tristesse qui inquiéta James.

— Je dois vous prévenir. La vie de Gillian n'a pas été facile et elle a des secrets, elle aussi. Des secrets qui, croit-elle, feront du mal à celui qu'elle aime s'ils devaient être révélés. Êtes-vous assez courageux pour lui faire face quand elle vous dira la vérité ?

James fronça les sourcils. La vérité ? Cela impliquait que Gillian mentait, ou du moins lui dissimulait quelque chose.

— Est-elle amoureuse de quelqu'un d'autre ? Y a-t-il un autre homme qui...

— Non, bien sûr que non ! lui assura Audrey.

Une vague de soulagement l'envahit.

— Alors oui, je peux affronter n'importe quelle vérité tant que j'aurais une chance de la conquérir.

— C'est bien.

La jeune femme applaudit de joie et se pencha en avant.

— Alors c'est ce que vous devez faire. Vous recevrez une invitation de la part de ma sœur pour assister à une fête privée dans une semaine. Vous accepterez. Gillian s'y trouvera. Vous aurez l'occasion de la conquérir à ce moment-là.

— Une semaine.

Il souffla ces mots en fronçant toujours les sourcils.

— Vous pouvez vous montrer patient, n'est-ce pas, Milord ?

— Bien entendu.

Il confessa presque qu'il avait eu l'impression d'attendre Gillian toute sa vie, mais il n'avait pas su que c'était elle avant de la voir dans la boutique de la modiste.

Il revoyait son visage quand il avait ouvert le rideau, pensant que c'était sa sœur qui avait appelé à l'aide. Au lieu de cela, il avait aperçu Gillian dans une ravissante robe violette, le dos exposé, ses grands yeux gris et ses lèvres exquises entrouvertes. Il avait voulu la prendre dans ses bras et effacer d'un baiser toutes les inquiétudes qui étaient apparues sur son visage. Elle avait l'air d'être comme lui. Une femme qui avait passé toute sa vie à s'inquiéter et à s'occuper d'autres personnes comme il le faisait.

En vérité, il appartenait au club des Comtes Rebelles, mais contrairement aux autres membres, il ne se perdait pas dans le jeu, le vin ou les femmes. Il souhaitait simplement disparaître dans l'obscurité du club exclusif. C'était la seule façon dont il pouvait échapper à ses fardeaux et il se méprisait d'avoir besoin de cette échappatoire. Quand il était avec Gillian, il avait l'impression d'être à nouveau capable de respirer. Elle bannissait les ombres qui résidaient en lui. Il aurait fait n'importe quoi pour cette femme.

— Nous vous verrons dans une semaine.

Audrey se redressa et il sut qu'elle le congédiait poliment. Cela ne lui faisait rien. Il avait beaucoup de choses à l'esprit et toujours d'autres pistes à explorer. Il voulait voir s'il pourrait rencontrer lord Morrey et lui demander s'il connaissait Gillian d'une toute autre façon. Audrey avait clairement exprimé que les dames avaient des secrets, mais James ne pouvait pas imaginer quelque chose d'aussi terrible. Elle était trop gentille pour avoir des secrets véritablement compromettants.

Il récupéra son chapeau des mains du valet près de l'entrée. Audrey le raccompagna à la porte et il marqua un temps d'arrêt quand il sortit dans l'après-midi ensoleillé.

— Miss Sheridan, si vous la voyez, voulez-vous bien lui dire que...

Il ne voulait pas passer pour un imbécile sentimental.

— Dites-lui ce que je pense d'elle.

— Promis, dit Audrey.

James se hâta de descendre les marches du perron où il héla une calèche. Il roula vers la maison de Jonathan Saint-Laurent située à seulement quelques pâtés de maison de là, espérant le trouver chez lui. Après la mission quelque peu désespérée de la nuit précédente, il avait l'impression que Jonathan et lui étaient des frères de sang accidentels, à cause de ces demoiselles en détresse. Il aurait voulu qu'Audrey lui en dise plus sur la raison pour laquelle elle s'était trouvée là la veille et comment avait commencé son conflit avec Langley, qui avait découlé sur les événements de la soirée précédente, mais il avait la sensation qu'elle conserverait ses secrets.

Quand il atteignit la maison de Jonathan, il répéta sa demande d'une douzaine de façons différentes. Quand il choisit enfin une version, il saisit enfin le heurtoir et toqua à la porte.

Le majordome qui vint l'accueillir le fit entrer et lui demanda de patienter le temps de vérifier que Jonathan soit en mesure de le recevoir. Il ne mit guère de temps.

— Par-là, Milord.

Le majordome l'escorta jusqu'à un salon où Jonathan se tenait près d'une fenêtre, mais il n'était pas seul. Godric Saint-Laurent, le duc d'Essex, se dressait à côté de lui, et les deux frères conversaient à voix basse. Une main sur l'épaule de Jonathan, Godric la tapota d'un geste fraternel avant de se tourner et de voir James.

— Pembroke, comment diable vous portez-vous ?

Godric s'approcha de lui et lui serra la main.

— Je vais bien, Votre Grâce, et vous ?

James sourit au duc.

— C'est bien. Je donnais à mon frère quelques conseils sur les femmes. Il est toujours un jeune chiot.

Le duc donna un coup de coude complice à James. Jonathan se tourna vers lui et Pembroke faillit pâlir. Il avait un œil au beurre noir et ne souriait pas du tout !

Apparemment, sa nuit avait été bien plus mouvementée que celle de James, ce qui n'était guère surprenant. Jonathan avait été dépassé et s'était battu contre plusieurs hommes à la fois.

Il avait bien de la chance de n'avoir pas plus d'ecchymoses.

— Pas si jeune que cela, renifla Jonathan, même si son frère s'était montré clairement affectueux.

— Oui, eh bien, vous êtes assez jeune pour ne pas simplement prendre ce que vous désirez.

— Et puis certaines dames s'opposeraient à l'idée d'être prises de force. Je crois savoir que c'est le cas de votre épouse.

Jonathan éclata de rire. Le duc rit aussi et les frères émirent un son si similaire que cela tira un nouveau sourire à James.

— Oui, les femmes protestent au début, mais c'est quand elles protestent qu'on les épouse.

Jonathan leva les yeux au ciel et se tourna vers James.

— Un cercle vicieux, non ?

Godric haussa les épaules.

— Cela a fonctionné pour moi et cela fonctionnera pour vous. Faites-moi confiance, je connais très bien cette petite furie. Elle ne va pas attendre une demande en mariage sans rien faire. Vous pourrez lui demander pardon plus tard.

Jonathan secoua la tête et soupira.

— Vous ne la connaissez pas comme moi. Si je la

contrarie, je ne survivrais pas assez longtemps pour décrocher son pardon.

James ne savait pas de quelle femme ils parlaient, mais il se doutait bien que ce devait être Audrey. Seul un homme amoureux d'une femme se serait infiltré dans le club la veille comme Jonathan l'avait fait. *Comme je l'ai fait...*

— Alors...

Godric recentra son attention sur James.

— Je comprends que vous avez passé une nuit intéressante, tous les deux.

Godric regarda successivement James et son frère cadet.

— Effectivement. Une nuit très intéressante, répondit prudemment James.

Il ne savait pas ce que Godric en savait exactement.

— J'aimerais rester, mais je dois retourner auprès de ma femme. Elle insiste pour qu'on discute des projets pour la chambre d'enfant.

— Vous attendez un enfant ?

James sourit à la pensée qu'un des pires rebelles de Londres parte s'occuper d'une chambre pour bébé.

— Oui, l'hiver prochain.

Le duc affichait un large sourire et ses yeux étaient emplis de chaleur.

— Le bébé naîtra en janvier.

James donna une claque sur l'époque de Godric.

— Toutes mes félicitations, alors ! Lady Essex doit être enchantée.

— Nous le sommes tous les deux, répondit Godric avec un rire. Toutefois, sa condition délicate ne l'a pas empêchée de créer des problèmes. Seigneur, Emily a un talent pour cela !

Les paroles de Godric tirèrent un rire à Jonathan.

— Le nom de code d'Emily est *Problèmes*. J'ai failli me prendre une balle de votre part à cause d'elle. Mon propre frère !

Le duc fit semblant de le fusiller du regard.

— Parce que vous aviez essayé de la *séduire*. En plus, je ne savais pas que vous étiez mon frère, sans quoi je me serais contenté de vous décocher une droite.

— Enfin, je ne savais pas qu'elle était amoureuse de vous. On ne peut pas reprocher à un homme de tenter le coup s'il pense qu'il a sa chance.

Godric croisa les bras.

— Eh bien, elle est heureuse et mariée, maintenant... Avec moi. À vous de conquérir votre propre femme.

À cela, Jonathan hocha sobrement la tête et marmonna quelque chose qui ressemblait selon toute vraisemblance à :

— Conquérir, oui.

— Pourquoi ne pas nous rejoindre à Berkley's ce soir pour prendre un verre ? suggéra Godric à James.

— Volontiers.

Ils présentèrent leurs adieux au duc et bientôt, ils

restèrent en silence. Une fois qu'il fut parti, Jonathan souffla. Ses épaules s'affaissèrent.

Cet air de défaite ne lui ressemblait pas. James avait l'habitude des sourires de Jonathan, de son rire et des récits amusants qu'il racontait sur son frère et son groupe d'amis, la Ligue des Rebelles, comme Londres avait pris l'habitude de les appeler, d'après les descriptions qu'en faisait Audrey dans sa rubrique de Madame Société. Son attitude silencieuse et sobre était déroutante.

— Alors, hier soir, dit enfin James. Comment diable avez-vous découvert ce club clandestin ?

Jonathan afficha un léger sourire.

— Je pourrais vous demander la même chose. Je gardais un œil sur Miss Sheridan. Elle se fourre toujours dans des histoires.

Ah, alors il avait eu raison de penser que Jonathan avait des sentiments pour Audrey. Il ne pouvait s'empêcher de se demander ce que le jeune homme pensait du travail secret de son aimée en tant que rédactrice pour la *Gazette de la Lorgnette*.

—Alors vous savez qu'elle...

— Qu'elle est Madame Société ? Oui, je l'ai découvert une heure avant que nous nous retrouvions dans ce club infernal. Je l'ai suivie, mais alors, j'ai vu...

Il s'arrêta abruptement, évacuant toute émotion de son expression.

James pinça les lèvres. Jonathan cachait quelque chose, mais quoi ? Et pourquoi ?

Saint-Laurent se reprit rapidement.

— Heureusement, nous nous en sommes apparemment sortis sans dommages. Du moins dans notre camp.

— En effet.

James s'interrompit puis décida de se lancer et de poser la question qui lui brûlait les lèvres.

— Connaissez-vous Miss Beaumont ?

— Gillian ? Oui, bien sûr, sourit-il. Je connais Miss Beaumont.

James ravala un cri de triomphe.

— Que savez-vous d'elle ? J'ai essayé d'en apprendre davantage, mais personne n'a l'air de la connaître, et Miss Sheridan n'a pas voulu me révéler quoi que ce soit quand je lui ai rendu visite avant de venir ici.

Encore une fois, le visage de Jonathan se ferma.

— Oh, je veux dire que je la connais, mais pas d'une façon qui pourrait vous être utile, je le crains. À quel point peut-on connaître quelqu'un... Véritablement ?

— Vous étiez avec moi dans ce club. Elle était là avec Miss Sheridan. Elles étaient toutes les deux en danger et je ne comprends pas pourquoi tout le monde garde le silence sur Miss Beaumont.

Il serra les poings contre lui.

— Cette femme est un véritable mystère et ça me rend fou d'inquiétude pour elle.

L'expression de Jonathan passa de l'indifférence à la curiosité.

— Elle vous plaît, n'est-ce pas ?

James ne le dénia pas.

— Si je pouvais la retrouver, je lui demanderais proba-blement de m'épouser, mais elle ne cesse de disparaître dès qu'elle en a l'occasion.

Jonathan rit en se dirigeant vers une table qui longeait un mur. Il prit une carafe de brandy, remplit deux verres et en tendit un à James.

— Vous allez devoir vous y habituer. Les femmes comme elle restent rarement en place et ne perdent jamais de temps à attendre qu'on les secourt. La meilleure chose à faire pour vous est de courir pour rester à sa hauteur.

L'air sombre, James sirota son brandy. Il n'aimait pas penser au fait qu'il n'arrivait apparemment jamais à rattraper Gillian. Cela signifiait qu'il ne serait peut-être pas là pour la protéger quand elle aurait le plus besoin de lui.

— Vous rendez-vous à la fête privée à Rochester Hall la semaine prochaine ?

— Je n'y songeais pas, mais mon frère en revient et m'a convaincu d'y assister.

— C'est bien. Nous pourrons souffrir ensemble. Miss Sheridan dit que je vais recevoir une invitation, mais cela fait un moment que je n'ai pas assisté à une fête privée.

Il avait refusé de nombreuses invitations au cours des deux années précédentes. La maladie de sa mère avait empiré et il avait eu peur de la quitter.

Jonathan fit tourner le verre entre ses paumes et se

positionna à nouveau à la fenêtre. Devant la maison, la rue regorgeait de gens et de calèches.

— Avez-vous déjà eu l'impression d'être un étranger qui observe le monde de l'extérieur ? Comme si vous aviez le visage pressé contre une vitre ? Tous les sons sont étouffés, tout ce qu'on voit est flou. Et plus exaspérant encore, on ne peut pas se rapprocher.

La mélancolie dans la voix de Jonathan toucha profondément James.

— Plus que vous le pensez.

À sa façon, il comprenait. Les hommes de son âge avec des titres comme le sien étaient mariés ou avaient des maîtresses. Ils vivaient leur propre vie, pour le meilleur ou pour le pire.

Mais pas moi ! Le Dr Wilkes avait raison. Je ne vis pas vraiment.

Depuis que sa mère était tombée malade, il s'était habitué à se retirer du monde. Il était plus facile de ne pas affronter les choses qui lui manquaient ; il en avait conscience. Une femme, des enfants, une vie. Il se sentait coupable que sa mère ait perdu la sienne si tôt dans la vie. Gillian avait changé tout ceci.

Elle avait éveillé son cœur endormi comme un éclair inattendu. Elle l'avait ressuscité, lui rappelant tout ce qu'il aurait pu avoir. Il savait qu'elle ne chasserait jamais sa mère.

— Jonathan, dites-moi tout ce que vous savez sur Miss Beaumont. *Je vous en prie,* j'ai besoin de savoir.

Jonathan lui adressa un regard.

— Je peux vous dire les petites choses : sa couleur préférée, la façon dont elle boit le thé, ses livres favoris, mais je ne peux pas vous en révéler beaucoup plus. Elle a ses raisons pour protéger son intimité.

— On me l'a dit, grommela James. Dites-m'en le plus possible.

Jonathan désigna la porte d'un geste du menton.

— Très bien. Pourquoi ne pas faire une partie de billard pendant qu'on discute ?

James le suivit. Enfin, il allait rassembler d'autres pièces du puzzle que représentait Gillian Beaumont.

6

Gillian descendit de la calèche derrière Audrey et fit face à l'immense entrée de Rochester Hall.

—Je crois que c'est une très mauvaise idée.

—Allons, donc. J'ai été contrainte de vous voir faire la tête pendant une semaine entière. Vous me devez bien quelque chose.

Le sourire d'Audrey était bien trop doucereux et les nerfs firent palpiter le ventre de Gillian. Sa maîtresse mijotait encore quelque chose.

Gillian laissa retomber sa capuche, même alors qu'une brise fraîche jouait avec ses jupes et tiraillait sa chevelure.

— Mais me comporter comme une lady alors que je n'en suis pas une...

— Allons ! Vous êtes une femme de haute naissance.

Vos circonstances par la suite ne vous retirent pas le fait que vous êtes une dame.

Gillian fronça les sourcils. Elle était certaine que sa maîtresse avait perdu la raison. Deux jours plus tôt, quand Audrey lui avait dit qu'elle allait peut-être avoir besoin d'elle pour jouer un rôle plus important dans ses entreprises futures, elle s'était inquiétée de ce que cela pouvait impliquer. Quand Audrey lui avait dit qu'elle allait devoir se comporter comme une lady pendant la fête privée de sa sœur, Gillian avait espéré qu'elle plaisante. Mais, comme toujours avec Audrey, ce n'était pas le cas.

— Horatia sait qu'elle devra vous placer dans une chambre près de la mienne et les serviteurs qui vous connaissent ont été informés de la situation.

— La situation ? siffla Gillian. Que leur avez-vous dit exactement ?

— Que vous appreniez à jouer le rôle d'une lady afin que nous puissions devenir actrices dans une pièce que des amis de Londres montent à l'occasion d'une fête privée dans quelques semaines. On leur a dit que vous m'aidiez pour la pièce et que devriez donc jouer le rôle d'une lady dans l'histoire. Horatia sait qu'en fait, c'est parce que nous perfectionnons notre couverture pour l'espionnage. Elle n'aime pas que je sois espionne, mais je l'ai convaincue que vous et moi resterions près de Londres, aussi pense-t-elle que c'est relativement sûr.

—L'espionnage ? Madame...

— *Audrey*. Vous feriez mieux de prendre l'habitude de m'appeler de la sorte. Le reste des invités trouvera trop étrange que vous m'appeliez toujours Madame. Pour les prochains jours, vous aussi êtes une lady. Ne l'oubliez pas.

Audrey ôta sa propre capuche quand elles atteignirent l'entrée de Rochester Hall. Elle s'ouvrit et plusieurs jeunes valets les croisèrent. Ils se hâtaient de rejoindre la calèche pour en sortir leurs bagages.

— Vous êtes Miss Beaumont, lui rappela Audrey dans un murmure. Ne l'oubliez pas, quoi qu'il arrive.

Miss Beaumont. Seigneur, quel imbroglio !

— Audrey !

Horatia apparut dans l'encadrement de la porte, une main tendue et l'autre reposant sur son ventre rebondi. Son premier enfant était prévu dans un mois et elle rayonnait. La Ligue des Rebelles et leurs épouses étaient bien partis pour créer une ligue de bébés rebelles, que le ciel leur vienne en aide ! En plus d'Horatia et d'Emily, la duchesse d'Essex, ils avaient appris la semaine précédente qu'Anne, la belle-sœur d'Audrey et d'Horatia, allait accoucher à peu près en même temps qu'Emily.

— Ma sœur !

Audrey étreignit Horatia et Gillian resta à bonne distance, observant les sœurs avec une certaine mesure de jalousie. Elle ne connaîtrait jamais de lien familial aussi proche et intime.

— Miss Beaumont.

Horatia fit signe à Gillian d'entrer et lui donna une brève étreinte avant de murmurer :

— Ne vous inquiétez pas, tout est prêt. Amusez-vous et détendez-vous.

— Merci.

Gillian se força à considérer Horatia en gardant la tête haute. Si elle devait jouer le rôle d'une dame, elle devait rendre la chose convaincante.

— Vous êtes logées tous les deux dans l'aile est, avec la plupart des autres invités.

— Combien de personnes seront présentes ? demanda Gillian avant de pousser un juron silencieux.

C'était la question d'une servante, n'est-ce pas ? Une dame n'y aurait pas songé et n'aurait pas osé s'en enquérir non plus.

— À peu près trente. Principalement quelques familles des environs ainsi que plusieurs autres invités.

Horatia fit soudain la grimace et posa une main sur son bas-ventre.

Audrey saisit la main de sa sœur.

— Horatia ?

Gillian et elle échangèrent un regard inquiet.

— C'est le bébé. Il me donne des coups de pied dans... Pardonnez-moi, mais je dois utiliser le petit coin.

Horatia descendit le couloir à la hâte.

— Voulez-vous que nous vous aidions ? l'appela Audrey.

— Non, cela ira, leur assura Horatia en se précipitant dans le couloir le plus proche.

— Le bébé donnait des coups de pied ? s'étonna Audrey en inclina la tête. Pourquoi donc ?

Gillian ricana. Sa maîtresse en savait très peu sur les bébés et le processus de la naissance.

— Parfois, un bébé peut être positionné de telle façon que lorsqu'il bouge, cela peut précipiter le besoin d'une femme de se soulager.

— Oh, je vois !

Audrey rougit et regarda vers l'endroit où avait filé sa sœur.

— Cela a l'air horrible.

— C'est ce qu'on m'a dit aussi.

Audrey se retourna vers elle alors qu'elles attendaient les valets qui apportaient leurs bagages.

— Pourquoi en savez-vous tant sur les bébés ?

La question fit sourire Gillian.

— Ma mère m'a fait part ouvertement de ce genre de détails. Sa mère – ma grand-mère – était sage-femme. Nous avons aidé une voisine à accoucher d'un enfant avant que le médecin arrive.

— Pourquoi n'en ai-je jamais entendu parler ?

Audrey passa son bras dans celui de Gillian et ils suivirent les valets qui portèrent leurs valises dans leurs chambres de l'aile est.

— Parce que je ne sais pas si je devais vous en faire

part, vu votre délicatesse ce sujet. Cela vous aurait probablement dégoûtée d'avoir des enfants.

— Je ne suis pas délicate ! protesta Audrey.

— Allons donc, insista Gillian. Rappelez-vous du jour où vous vous êtes piqué le doigt avec votre aiguille et le sang...

— Oh, taisez-vous ! Pas besoin de me le rappeler. C'était si mortifiant ! J'ai du mal à oublier la honte que j'ai ressentie en me réveillant allongée par terre. Et devant Emily et Anne, en plus.

Toute à son souvenir, Audrey se mordit la lèvre et plissa le front alors que Gillian lui tapotait la main.

— J'aurais aimé que lady Essex et lady Sheridan soient présentes ce soir, admit Gillian.

— Moi aussi, mais elles doivent partir pour Brighton avec leurs maris. Quelque chose à voir avec l'achat de plusieurs chevaux de race. Emily a plutôt envie de rejoindre Cédric et Anne de faire se reproduire ces nouveaux Arabes.

— Et Ashton et Rosalind ? demanda Gillian qui s'interrogeait sur les autres amis d'Audrey qui ne pourraient pas venir à la fête.

Elles s'arrêtèrent à l'entrée du couloir qui menait à leurs chambres.

— En Écosse, pour rendre visite aux frères de Rosalind et à leurs familles. Ce sont de vrais diables, vous savez, même si je le dis en toute amitié. Elle essaye de les convaincre de leur rendre visite, mais je suppose qu'un château en Écosse est bien plus intéressant qu'un manoir ennuyeux au sud de l'Angleterre. N'êtes-vous pas d'accord ? Je vivrais toutes sortes d'aventures passionnantes si j'avais la chance d'explorer un château. Pensez-vous qu'il soit hanté ? Les châteaux sont toujours hantés, n'est-ce pas ?

Gillian éclata de rire.

— Je suppose qu'il y a un fantôme ou deux dans toutes les vieilles demeures. Allons, nous devrions vraiment aller nous changer et voir si votre sœur a besoin d'une aide quelconque.

Audrey braqua sur elle un regard sévère.

— Elle a une troupe de domestiques et vous n'en faites pas partie. À présent, allez enfiler la robe que je vous ai achetée, celle avec la ceinture blanche et les petites fleurs assorties sur les manches et l'ourlet. Elle sera parfaite pour ce soir. Vous serez ravissante.

Gillian céda aux souhaits de sa maîtresse, même si elle savait qu'elle n'avait aucune raison d'avoir l'air captivante, pas la moindre. Cette simple pensée lui serra le cœur.

Elles se séparèrent et Gillian parvint à sa chambre plus loin dans le couloir. Il était étrange de penser qu'elle dormirait dans cette pièce, avec ces superbes couleurs et l'immense lit à colonnes. Elle s'était habituée au charme désuet des quartiers des domestiques et avoir tant d'espace personnel la déconcertait.

Elle toucha le couvre-lit bleu et ses doigts filèrent le

long des coutures dorées. Elle se rendit à la fenêtre, heureuse d'avoir une vue sur les jardins, mais son cœur s'arrêta de battre quand elle aperçut deux hommes près d'un petit jardin ouvert. Ils agitaient des maillets de croquet tout en parlant.

James. James Fordyce était là, en pleine discussion avec Jonathan Saint-Laurent. Pendant un long moment, Gillian resta en proie au choc de sa présence. Elle avait cru ne jamais le revoir, s'était dit que tout ce qui s'était passé entre eux appartenait au passé, mais à présent...

— Oh !

Elle resta bouche bée quand elle réalisa qu'Audrey avait dû savoir que James serait là. Elle savait toujours ce genre de détails. Il n'y avait pas d'autres explications. L'excuse de l'entraîner à l'espionnage avait été un mensonge.

Sa maîtresse l'avait jetée là-dedans. Elle l'avait trahie. Gillian s'enfuit de la pièce et se rendit directement à la porte d'Audrey qu'elle battit avec les poings.

— Oui ? lui parvint la voix de sa maîtresse à l'intérieur.

Gillian n'attendit pas. Elle déboula dans la pièce et fusilla Audrey du regard.

— Il est là.

— Qui ? demanda Audrey dont les grands yeux bruns étaient malicieux.

— Lord Pembroke. Il est là.

— James ? Vraiment ?

Les yeux d'Audrey s'illuminèrent puis elle plissa les paupières.

— Oh, ma chère, vous allez devoir le croiser, alors ? Cela complique notre histoire...

Gillian la regarda pendant un moment sans savoir quoi dire.

— Vous... nous...

Elle prit une inspiration tremblante.

— Vous ne l'avez pas invité ici pour moi, n'est-ce pas ?

— Quoi ? Non, bien sûr que non. Vous m'aviez dit que vous vouliez oublier, avancer. Nous sommes amies et je le respecte.

— Oui, murmura Gillian. Bien entendu.

Croyait-elle vraiment qu'Audrey ne s'était mêlée de rien ? Honnêtement, elle n'en était pas certaine.

— Je suppose que nous devrons doublement nous assurer qu'il pense que vous êtes une dame, n'est-ce pas ?

Audrey replia les mains et pressa le bout des doigts les uns contre les autres dans un geste contemplatif.

Gillian s'adossa à la porte fermée.

— Je devrais peut-être feindre la maladie pendant le reste de la fête.

— Bêtises ! Nous devrions prendre ceci de front. L'avez-vous vu ? Allons faire une petite réunion et tourner la page. Vous pouvez dire bonjour, il peut dire bonjour, puis nous retournerons à l'intérieur de la maison.

— Je ne pense pas...

— Allez prendre votre châle et allons-y, lui ordonna Audrey.

Gillian rentra dans sa chambre et sélectionna un châle blanc qui faisait ressortir sa robe de voyage bleu foncé. Elle rejoignit Audrey dans le couloir qu'elles traversèrent en se tenant par le bras. Gillian était déjà venue là plusieurs fois au cours de l'année précédente, et elle s'était toujours perdue dans la beauté de l'architecture et des statues de marbre de l'immense vestibule. Le marquis de Rochester avait des goûts exquis.

— Où l'avez-vous vu ? demanda Audrey.

— Dans les jardins. Je crois qu'ils jouaient au croquet.

— *Ils* ? demanda Audrey. Quelqu'un était avec James ?

— Oui. Il était avec M. Saint-Laurent.

Audrey se figea brusquement et son visage pâlit. Elle avait l'air à deux doigts de s'évanouir.

— Vous ne saviez pas qu'il viendrait ? demanda Gillian.

— Non, on m'avait dit qu'il ne viendrait *pas*.

Audrey inspira lentement et leva la tête.

— Très bien. Nous affronterons cette rencontre ensemble.

— Oui, dit Gillian. Nous les affronterons puis nous retournerons à la maison en courant, la queue entre les jambes.

— Allons, donc. Nous sommes des dames de qualité, Gillian. Nous ne nous enfuyons pas. Nous nous éloignons d'un pas vif de l'objet de nos angoisses, déclama Audrey avec une dignité si pompeuse et moqueuse que Gillian ne put s'empêcher de ricaner.

Pourtant, elle s'inquiétait pour sa maîtresse. Que s'était-il passé entre Jonathan et elle ? Était-ce similaire à ce que James et elle... ? Gillian bannit cette pensée. Sa maîtresse n'était quand même pas aussi téméraire !

Elles quittèrent la maison et marchèrent le long du chemin proche d'une rangée d'arbres. Il y avait une série de jardins clos qui longeaient des portes en bois qui pouvaient être verrouillées quand elles n'étaient pas en usage. La dernière visite de Gillian lui avait appris que la cuisinière de Rochester Hall utilisait les jardins pour faire pousser des melons, des raisins, des pêches, des nectarines et même des fleurs exotiques comme des orchidées et des œillets pour la décoration. Bien sûr, les œillets étaient ses préférés, et la dernière fois qu'elle avait été là, le beau-frère d'Audrey lui avait permis d'emporter une fleur dans ses quartiers. Elle avait gardé la fleur dans un petit verre d'eau pendant plusieurs jours, la regardant à la lumière du soleil qui se déversait à travers la petite fenêtre de sa chambre. Cela avait été sa petite joie de la semaine.

Plus loin, Jonathan et James rangeaient leurs maillets de croquet pendant qu'un valet de pied se hâtait de ramasser les arceaux disposés sur la pelouse.

—James !

Audrey fit signe aux deux hommes debout près du petit abri de jardin. Jonathan se cogna la tête en se redressant quand il passa la porte basse de la petite hutte. Il fronça les sourcils, se frotta le sommet du crâne puis se tourna et sourit à Gillian d'un air hésitant alors qu'Audrey et elle s'approchaient.

— Mesdames !

James épousseta ses paumes sur son pantalon et sourit.

— Miss Beaumont, je suis ravie de vous revoir en aussi bonne santé.

— Merci.

Parvenant de justesse à se retenir de baisser les yeux, Gillian soutint son regard. Elle devait se comporter comme s'ils étaient égaux. Elle fut ébahie par la vitalité dynamique qu'il exprimait. Il la regardait comme s'ils étaient complètement seuls, de retour dans sa chambre à coucher où le monde extérieur n'avait plus le moindre effet.

— Gillian, je vais jeter un œil aux ananas, comme Horatia m'a chargée de le faire.

— Des ananas ?

Elle ne se rappelait pas qu'Horatia lui ait demandé une telle chose.

— Oui. Les *ananas*.

Audrey lui adressa un regard entendu ainsi qu'un léger hochement de tête en direction de James.

— Oh... oui...

Gillian se reprit et joua le jeu.

— J'espère qu'ils poussent correctement.

— C'est ce que je verrai, dit Audrey en prenant congé.

Jonathan la regarda partir puis il se précipita dans l'autre direction en marmonnant une excuse. Gillian resta à nouveau seule avec James. Cela n'avait pas fait partie du plan dont Audrey et elle avait convenu, mais elle ne parvint pas à se forcer à s'inquiéter de la nature scandaleuse du moment. Le revoir lui avait fait oublier qu'elle souhaitait l'éviter.

— Vous êtes partie avant que je puisse dire au revoir, dit James en s'approchant d'elle d'un pas.

Ses yeux bruns la réchauffèrent et pendant un instant dangereux, elle voulut se jeter sur lui. Le prier de l'embrasser, de lui faire oublier ses inquiétudes, sa vie morne, ennuyeuse et tranquille.

—Je suis désolée. Vous dormiez si paisiblement que je n'ai pas voulu vous réveiller.

— Mais c'est la meilleure partie du matin : se réveiller aux côtés d'une jolie femme. Cela m'a terriblement manqué.

Ses douces paroles et la lueur tendre dans ses yeux quand il s'approcha firent trembler le cœur de Gillian. Elle ne parvenait pas à croire qu'ils soient là, ensemble, à parler de la nuit qu'ils avaient partagées et du fait qu'elle lui avait manqué le lendemain matin.

Il enfonça la main dans la poche de son gilet et en tira un œillet rouge.

— Pour vous. On m'a dit que c'est votre fleur préférée.

Il fronça les sourcils quand il remarqua que les pétales étaient légèrement froissés.

— Je suis désolé, j'espérais vous le faire parvenir plus tôt une fois que j'ai appris que vous seriez ici.

Elle accepta la fleur d'une main légèrement tremblante. Il l'avait gardée sur lui jusqu'à ce qu'il la croise ?

— Comment avez-vous su que c'était ma préférée ?

Il se mordit la lèvre et sourit d'un air penaud.

— M. Saint-Laurent a cédé à mes suppliques et m'a fourni quelques détails sur votre vie, ce que vous aimiez et n'aimiez pas.

Mais il n'avait pas révélé à James qu'elle était une domestique ? Elle aurait voulu étreindre Jonathan, quoi que… elle n'aurait pas dû être surprise. Lui-même avait été domestique et savait quelles difficultés ils rencontraient.

James lui tendit la main en une invitation silencieuse. *Refuse. Éloigne-toi. Soyez raisonnable.*

Gillian enterra cette voix sous la bouffée d'espoir imbécile qui s'empara de sa poitrine. Elle plaça sa main dans celle de James et il la guida le long de l'allée du jardin, loin des conservatoires et des jardins clos.

— Alors, vous savez ce que j'aime et n'aime pas.

— Oui. Voyons voir.

Il posa la main de Gillian sur son bras, rapprochant leurs corps davantage.

— Vous aimez chevaucher, mais vous ne le faites pas autant que vous l'aimeriez. Vous adorez Noël, mais vous aimez lire plus que tout. Vous ne supportez pas le goût du canard et vous n'êtes pas très accomplie en ce qui concerne le dessin ou la musique.

— Accomplie ? Seigneur, les gentlemen tels que vous avez des standards si élevés ! Je donnerais n'importe quoi pour être évaluée comme un homme. Ai-je l'esprit vif ? Suis-je douée pour les chiffres et les affaires ?

James ricana.

— J'ai toujours pensé que les talents artistiques d'une lady étaient un peu bêtes. Je veux dire, c'est très impressionnant de voir les broderies de ma sœur, mais cela ne m'offre guère de sujets de discussion avec elle. Dieu merci, Letty est une lectrice, comme vous.

Il lui coula un regard, un sourire malicieux aux lèvres.

— Si vous étiez un gentleman, que feriez-vous de vos journées ?

Elle réfléchit à cette question. Dans les arbres, les oiseaux poussaient de petits gazouillis alors qu'eux-mêmes faisaient crisser le gravier sous leurs bottes, leur donnant la sensation étrange que ce moment pourrait durer éternellement, comme elle en aurait eu envie.

— Je suppose que j'aurais aimé faire du commerce. Je n'aime pas rester immobile. J'aurais ouvert une boutique, une librairie, et j'aurais adoré la gérer.

— Cela me plaît.

James ricana. Sa voix profonde et vibrante lui rappelait trop la nuit où il lui avait fait l'amour.

— Et vous ? demanda Gillian. Si vous ne gériez pas votre domaine, qu'auriez-vous fait ?

— C'est simple. J'aimerais venir travailler dans votre librairie. Je vous promets que je vous obéirai sans discuter.

Il lui adressa un clin d'œil et elle rougit.

Il redevint sérieux quand ils atteignirent l'escalier qui menait à la terrasse, comme s'il savait qu'ils se sépareraient bientôt. Gillian gravit quelques marches, mais il la tourna vers lui.

— Gillian, j'ai envie de... vous connaître. Si vous m'y autorisiez, je pourrais vous faire la cour correctement, mais si vous continuez à me fuir, je...

Il lui attrapa les mains.

— Ne savez-vous pas ce que je ressens ?

Il baissa les yeux vers leurs mains et mêla leurs doigts.

— Quand je suis avec vous, c'est comme si mon cœur était transpercé par le feu et la lumière et pourtant, je ressens une tranquillité qui m'était jusqu'alors inconnue. Dites-moi, ai-je tort ? Suis-je le seul à ressentir ceci entre nous ?

Quand il leva les yeux vers elle, leurs visages étaient à la même hauteur, car elle se trouvait sur une marche supérieure.

— Je...

Elle avait un millier de oui sur le bout de la langue, mais elle craignait de les exprimer. Elle ne pouvait pas laisser cette folie continuer.

— Peu importe ce que je ressens. Tout ce qui compte

est que je ne suis pas une femme pour vous, Lord Pembroke. Je suis désolée.

Le rayon d'espoir qui brillait dans les yeux du jeune homme s'estompa. Elle s'émerveillait de voir que même dans la tristesse, il était d'une immense beauté.

— Qui dit que vous ne l'êtes pas ? Y a-t-il quelqu'un d'autre ? Si c'est le cas, je...

Il s'étrangla sur ces paroles.

— J'abandonnerai... Mais sinon...

Elle aurait dû mentir, lui dire qu'elle appartenait à un autre, mais elle ne pouvait pas.

— Il n'y a personne d'autre.

Les yeux de James s'illuminèrent à nouveau et son cœur fit un bond.

— Alors vous ressentez *quelque chose* pour moi. Sans quoi vous n'auriez eu aucun scrupule à refuser mon désir de vous faire la cour.

Gillian ne pouvait pas le duper, du moins pas à propos de ce qu'elle ressentait

— J'admets que c'est à cause de mes sentiments pour vous que j'ai du mal à vous résister.

Avant qu'elle ne puisse réagir, il la prit dans ses bras et l'embrassa. Le souvenir de s'être retrouvée dans ses bras, peau contre peau, la submergea. Les baisers de James attisaient le feu qui couvait en elle, le faisant rugir. Après un tel baiser, elle se trouva incapable de résister.

— Je vous en prie. Laissez-moi vous courtiser.

Lentement, il glissa une main le long de son dos, la serrant contre lui d'un geste doux, mais possessif.

— James...

Elle soupira son nom, mais aucun autre mot ne sortit.

— Rappelez-moi comment vivre, Gillian. Donnez-moi la chance de vous le montrer en retour. C'est tout ce que je vous demande. Une chance.

Une chance. Une chance de vivre. C'était tout ce dont elle avait toujours rêvé, tout ce qu'elle avait espéré, mais cela ne pourrait jamais durer. Cela ne pouvait qu'être une belle illusion qui un jour, se révélerait être un mensonge.

— Je vous en prie, mon amour.

James l'embrassa à nouveau avec une tendresse qui lui fit monter les larmes aux yeux.

— Je... Oui... Vous avez le droit de me courtiser.

À l'instant où ces paroles sortirent de ses lèvres, elle sut qu'elle était condamnée, mais son désir de faire l'expérience de la vie l'emportait sur la réalisation que tout finirait rapidement par s'écrouler autour d'elle.

Il poussa un rire triomphant tout en s'écartant pour la regarder.

— Alors, allons chevaucher.

— Maintenant ? Les invités sont toujours en train d'arriver.

— Je me fiche complètement d'eux. J'ai seulement envie d'être avec vous.

Sa joie insouciante et la chaleur de ses bras autour d'elle émoussaient le bon sens de Gillian.

— Je... je suppose que nous ne manquerions à personne si nous disparaissions pendant juste un moment.

— Nous ne manquerons à personne. C'est l'avantage d'avoir une grande fête.

Il lui saisit la main et ils se précipitèrent vers les écuries en riant comme des enfants.

Pour la première de sa vie, Gillian se sentait libre.

───

Debout sur la terrasse arrière de Rochester Hall, en face des jardins, Venetia Sharpe resta bouche bée quand elle assista à une scène absolument scandaleuse. James Fordyce, le comte de Pembroke, embrassait une femme. Pas un baiser sur la main ou les saluts quelque peu risqués des Français qui s'embrassaient sur la joue. Non, c'était une étreinte passionnée, la bouche ouverte, les mains exploratrices.

— Seigneur Dieu !

Elle se couvrit la bouche. Elle les regarda pendant un moment de plus avant de réaliser qu'ils risquaient de la voir. Elle se dissimula derrière la maison, près de la porte qui menait à l'intérieur. Jetant un œil à l'angle de la paroi, elle aperçut Pembroke et la femme qui s'en-fuyaient ensemble, la main dans la main, vers les écuries. Venetia regarda autour d'elle et regarda un jeune valet dans l'encadrement de la porte. Quand elle s'approcha de lui, il la lui ouvrit et elle désigna les jardins.

— Connaissez-vous cette femme en compagnie du comte de Pembroke ?

Venetia, fille d'un vicomte fortuné, savait que les domestiques étaient au courant de quasiment tout ce qui se passait dans la maison et qu'on pouvait compter sur eux pour obtenir des commérages à bas prix.

Le valet baissa les yeux vers ses pieds bottés.

— Allez, vous devez me le dire. Elle est invitée à cette fête. Il faudrait que je connaisse son nom afin de ne pas avoir l'air imbécile quand on se retrouvera pour dîner ce soir.

Ses paroles parurent rassurer le jeune homme.

— Il s'agit de Miss Gillian Beaumont.

— Gillian Beaumont ?

Venetia se tapota le menton. Elle connaissait presque toutes les personnes importantes à Londres et une seule famille portait le nom de Beaumont : le comte de Morrey et Caroline, sa sœur.

— Vient-elle de Londres ou bien de la campagne ? demanda-t-elle au valet.

Encore une fois, il détourna le regard.

— Je ne le sais pas, Miss, répondit-il d'un ton désolé. Je suis nouveau ici, vous voyez. J'ai commencé la semaine dernière à peine. Je sais seulement que son nom est Miss Beaumont parce que quelqu'un me l'a désignée comme telle. J'ai aidé à décharger ses bagages de la calèche.

— Hum…

Venetia se retourna vers la fenêtre et fronça les sourcils.

Lord Pembroke était considéré comme un très bon parti et Venetia s'échinait depuis trois saisons à attirer son attention… en vain ! Tout naturellement, voir l'homme qu'elle souhaitait épouser embrasser une femme dans les jardins comme un homme enlacerait sa maîtresse était troublant.

Venetia serra les poings, mais elle parvint à se contrôler. Elle savait ce qu'elle devait faire : écrire à Letticia Fordyce et l'informer des actions téméraires de son frère. Elle écrirait également à lord Morrey et demanderait poliment s'il avait des cousins à la campagne. Venetia voulait savoir qui était sa concurrente. Elle comptait bien devenir la comtesse de Pembroke et elle aurait fait n'importe quoi pour s'en assurer.

7

Gillian éclata de rire alors que son cheval galopait devant celui de James dans un champ de fleurs sauvages et d'herbe dorée. Cette année-là, l'été s'attardait, faisant resplendir le champ de couleurs et de vie. Le tonnerre des sabots dans son sillage la fit regarder par-dessus son épaule. James souriait, à califourchon sur son hongre noir. Leurs yeux se rencontrèrent et il abattit sa cravache sur les flancs de sa monture. La bête prit la chose au sérieux et James se retrouva soudain à chevaucher à côté d'elle.

— Le premier arrivé à la route l'emporte ! cria-t-il.

Gillian se pencha bas sur son propre cheval, serrant fort les rênes, écoutant le souffle régulier, mais haletant de la jument.

— Allons, tu peux le battre, murmura-t-elle à l'oreille du cheval.

Puis elle donna un coup de talon à la jument qui accéléra juste assez pour prendre les devants.

Le bout du chemin arriva bien trop rapidement. Elle rit tout en tirant sur les rênes jusqu'à ce que son cheval souffle et caracole sur place.

James fit s'approcher son cheval du sien et leurs genoux s'entrechoquèrent légèrement.

— Vous avez gagné.

Elle avait demandé au groom de lui fournir une selle normale au lieu d'une amazone, vu qu'elle était plus à l'aise en chevauchant avec les jambes de chaque côté. Ses jupes étaient retroussées bien trop scandaleusement, mais il n'y avait personne pour les voir.

— Je crois que vous avez retenu votre cheval, rit Gillian dont l'enthousiasme lui avait coupé le souffle.

— Bien sûr que non ! Un homme ne perdrait jamais exprès.

— Un gentleman, peut-être, contra-t-elle avec un sourire entendu.

Il se montrait toujours gentleman avec elle et la laisserait sans doute gagner.

— Peut-être. Cela dépend de l'intensité de ses sentiments envers la femme contre laquelle il fait la course.

Il rapprocha leurs montures et observa les alentours.

— Pourquoi ne les amenons-nous pas vers ce bosquet afin de les laisser paître un peu ?

— Très bien.

Gillian voulut descendre, mais James avait déjà quitté

sa selle et il lui saisit doucement la taille pour l'aider à descendre.

Ils restèrent ensemble un moment, leurs corps plaqués l'un contre l'autre, le souffle de James réchauffant sa peau avant qu'ils ne se séparent. Il s'éclaircit alors la gorge et fit un pas en arrière tandis qu'elle se reprit et frotta les mains sur sa robe afin épousseter la poussière de leur chevauchée. Ils amenèrent leurs montures vers les arbres qu'il avait désignés et il enroula les rênes de leurs chevaux sur une branche basse.

Ils traversèrent le champ, côte à côte, ne disant rien alors qu'une brise filtrait à travers la prairie. Les nuages blancs au-dessus d'eux ondulaient et s'empilaient. Gillian étudia les cieux et regarda James. Le vent taquinait ses cheveux brun froncé et un léger sourire jouait sur ses lèvres. Il n'avait encore jamais rien vu d'aussi beau que le soleil de la fin de l'après-midi qui soulignait des notes rousses et dorées dans les mèches brunes de la chevelure de Gillian.

Soudain, il lui prit la main.

— Dites-moi quelque chose à propos de vous, de votre enfance.

Elle n'avait jamais porté de gants et la sensation de sa peau contre la sienne lui renvoya des flashes de la nuit fantastique qu'ils avaient passées ensemble.

— Mon enfance ?

Elle le regarda passer un index sur les lignes complexes de sa paume. L'intensité de son attention et son contact sensuel et tendre remplissaient son cœur de nouveaux désirs interdits. Elle avait promis qu'elle n'aurait qu'une nuit avec lui, mais le destin lui avait offert plusieurs autres journées. Pouvait-elle vraiment tenter sa chance et en profiter ?

— Oui. Dites-moi n'importe quoi. J'ai vraiment envie de *vous* connaître, celle que vous êtes *vraiment*.

Son ton était suppliant et elle découvrit qu'elle ne souhaitait pas lui refuser quoi que ce soit. Elle croisa son regard avec une terreur soudaine. Était-il possible qu'il sache déjà qu'elle se faisait passer pour une dame ?

— Celle que je suis *vraiment* ?

— Oui. Tout le monde a un visage public, mais qui on est en société ne reflète pas toujours qui nous sommes vraiment.

Elle trouva que ses observations sur la société et les gens qui la composaient soulignaient la profondeur de son caractère.

— Oh.

Elle se mordit la lèvre en se demandant s'il pouvait y avoir un autre James, un James qu'elle n'avait jamais rencontré.

— Alors je suppose que c'est également vrai pour vous. Vous devriez faire les honneurs.

Son ricanement bas la fit sourire.

— Toujours avec une longueur d'avance... Très bien.

Il s'installa sur l'herbe dans une position assise décontractée et elle vint le rejoindre. L'herbe dorée de la prairie avait tellement poussé que lorsqu'ils s'assirent, elle leur montait jusqu'aux épaules et Gillian se sentit étrangement en sécurité et dissimulée au monde. Lui tenant toujours la main, James se mit à parler.

— Mon père aimait les cartes. Il les collectionnait. Il avait des cartes de la Terre entière et j'avais l'habitude d'aller dans son étude quand j'étais petit pour les regarder. Il avait un immense globe sur un axe que je pouvais manipuler avec précaution pour lui faire effectuer des cercles lents. J'aimais voir les continents voler devant mes yeux, les lettrages des noms des pays qui brillaient d'une lumière dorée et...

Il s'arrêta abruptement pour regarder le ciel.

— Et quoi ? insista-t-elle.

— J'avais l'habitude de fermer les yeux pendant un bref instant et faire semblant que je pouvais voler.

Il désigna un oiseau lointain qui faisait des cercles.

— Comme lui, comme un faucon qui vole au-dessus du monde.

Le visage légèrement rouge, il la regarda entre ses cils doré foncé.

— Je trouve cela un peu idiot.

— Non ! protesta Gillian. Cela a l'air fantastique. J'ai toujours aimé pouvoir regarder les faucons dans la plaine, cette façon dont ils paraissent flotter sur le vent alors qu'ils cherchent des souris. C'est une sensation puissante d'imaginer pouvoir s'envoler. Même Léonard de Vinci faisait de tels rêves. Avez-vous vu les croquis de sa machine volante ?

James hocha la tête.

— Effectivement. C'est extraordinaire.

Il porta sa main à ses lèvres, y déposant un baiser avant de lui faire fermer les doigts, comme si son baiser les brûlait.

— Votre tour, dit-il en observant la jeune femme avec une attention intense.

Une rougeur lui monta aux joues et elle ressentit une boule soudaine dans sa gorge. Elle ne s'habituerait jamais à être regardée de la sorte par cet homme... à être vue comme autre chose qu'une domestique.

— Mon père...

Elle s'éclaircit la voix, essayant de ravaler le torrent d'émotions qu'il faisait remonter.

— Il a été absent pendant la majeure partie de mon enfance. Ses devoirs l'ont tenu à l'écart. Mais quand il était là, il aimait me poser des questions. Il m'a payé d'excellents tuteurs. Je n'ai pas été envoyée en pensionnat. Il voulait que mon éducation soit spéciale. Il disait souvent qu'aucun de ses enfants, quel que soit leur sexe, ne serait privé d'une éducation.

Ce souvenir la fit sourire légèrement et elle marqua un temps d'arrêt.

— Un homme qui croit en l'éducation des femmes... Je crois qu'il m'aurait plu.

— C'est vrai, en convint-elle. Ses affaires tenaient

mon père éloigné de ma mère et de moi, aussi ne le voyait-on que quelques fois par semaine. L'après-midi, nous prenions le thé ensemble et il me posait des questions. À chaque fois que j'avais une réponse correcte, il me donnait une tranche d'ananas. Ils sont si rares que nous n'avions pas l'occasion d'en manger souvent. Pourtant, il a toujours essayé d'en ramener un quand il rentrait à la maison. Je me souviens qu'il avait l'habitude de rire quand la cuisinière fronçait les sourcils et rechignait à le découper. Ils ont une peau si épaisse et couverte de piquants !

Revoyant le visage de son père quand il lui tendait des tranches d'ananas, elle sourit.

— Il avait l'air d'être un homme fantastique.

— Il l'était, en convint-elle.

Son père avait beaucoup souffert après la mort de sa première femme et il les avait vraiment aimées, sa mère et elle ! Il n'aurait rien aimé de mieux qu'épouser sa mère, mais ce mariage aurait été plus que scandaleux. La mère de Gillian était née dans un bordel et avait été élevée pour donner du plaisir aux hommes. Elle n'avait jamais eu l'opportunité de vivre une vie de qualité, autrement qu'en tant que maîtresse d'un homme quelconque. Mais une nuit, son père l'avait rencontrée dans un tripot et lui avait fait connaître son propre bonheur... enfin, aussi heureuse que sa vie puisse être. Elle se concentra à nouveau sur son histoire pour essayer de bannir sa tristesse.

— Lui aussi se permettait toujours une tranche quand j'avais une réponse juste, rit-elle. J'aurais aimé...

Sa gorge se noua et pendant un moment, elle fut incapable de continuer.

— Oui ?

James leva la main et lui prit le menton pour tourner son visage vers le sien. La vérité de sa naissance avait failli échapper à Gillian, mais elle garda le contrôle.

— J'aurais aimé avoir plus de temps en sa compagnie avant sa mort.

— Quel âge aviez-vous quand il est mort ?

James lui caressa le menton avec la pulpe de son pouce. Elle trembla un peu alors que des pulsations de chaleur naquirent en elle.

— À peine quinze ans. J'ai su que tout aurait changé après sa mort. J'avais grandi dans un petit cocon sûr, mais à son décès, ma mère et moi avons connu des difficultés parce qu'il ne nous avait pas accordé de pension. Elle avait toujours été délicate et n'était pas en assez bonne santé pour survivre sans lui. Elle l'aimait beaucoup.

Elle ne pouvait s'empêcher de songer à la mère de James, à la solitude qu'elle avait dû ressentir, à la façon dont sa maladie lui avait dérobé autant de sa vitalité si jeune. Elle avait beau être très différente de James, elle partageait plus avec lui qu'elle ne l'avait réalisé.

— J'avais seize ans quand mon père est mort, dit doucement James. Même si ma mère est encore en vie, certains jours, j'ai l'impression d'être un orphelin. Parfois, cette culpabilité me ronge.

La voix rauque, il croisa son regard. Puis il détourna les yeux, comme s'il craignait de lui avoir révélé une trop grande part de son cœur. Il inclina la tête en arrière, s'abreuvant de soleil.

— Ne serait-ce pas fantastique de rester ici, juste ainsi ?

Il s'appuya en arrière sur les coudes, tendant ses pieds bottés et croisant les jambes aux chevilles.

— Oui, en effet, en convint-elle.

Elle ne voulait pas songer à sa vie sans James ou bien à la façon dont tout se terminerait quand la fête privée serait finie et qu'ils reprendraient tous deux le cours de leurs vies. Un désespoir soudain l'emplit et elle se pencha en avant, plaçant une main sur sa poitrine.

— Embrassez-moi, *je vous en prie*, murmura-t-elle.

— J'ai cru que vous ne me le demanderiez jamais.

Il leva la main et referma une main sur sa nuque, lui faisant baisser la tête vers lui. Leurs lèvres se rencontrèrent avec un feu divin dont la douceur la fit trembler. À son contact, son corps reprit vie, lui demandant tout ce qu'il pouvait lui donner. James parut sentir son urgence et roula sur lui-même dans l'herbe. Il l'embrassa avec une intensité sauvage et elle écarta les cuisses pour lui permettre de s'allonger sur elle.

— Je me suis précipité la dernière fois... C'est allé trop

vite. Je ne referai plus cette erreur, jura-t-il. Vous méritez le meilleur qu'un homme puisse donner à sa femme.

Sa femme. Ces deux mots chamboulèrent le cœur de Gillian. Même s'il lui disait constamment qu'ils ne pouvaient pas être ensemble, ses moindres gestes lui révélaient qu'il l'épouserait dès le lendemain s'il le pouvait. Elle n'osait pas s'attarder sur les sentiments fantastiques que cela lui provoquait, parce qu'elle ne pouvait pas permettre que cela arrive.

Elle enroula les bras autour de son cou et lui fit baisser la tête vers la sienne. Toutefois, il ne l'embrassa pas pendant très longtemps. Il déplaça ses lèvres sur sa gorge, sa clavicule et enfin sur la courbe de ses seins. Pour une fois, elle aussi maudit la couche protectrice de ses vêtements.

— Ces satanées robes de voyage ! marmonna-t-il.

Il descendit le long du corps de Gillian et retroussa ses jupes jusqu'à ses hanches. Avec un petit rire, il se débattit contre la montagne de jupons et de sous-vêtements jusqu'à ce qu'il trouve son intimité moite. Il caressa le bourgeon sensible, la taquinant sans relâche avant de glisser enfin un doigt en elle, la torturant de plaisir. Gillian jeta la tête en arrière. Cette délicieuse invasion lui tira un gémissement. Elle cambra les hanches, l'encourageant à s'enfoncer plus profondément.

— Vous êtes si ravissante ! souffla-t-il en se penchant sur elle. C'en est même douloureux.

L'air entre eux crépita d'un éclair invisible alors qu'il

se baissait pour l'embrasser. Il garda la main entre les cuisses de la jeune femme qui haletait, cherchant l'orgasme. Il déboutonna son pantalon et retourna vers sa compagne, se glissant en elle, la remplissant de toute sa longueur. Quand leurs hanches se rencontrèrent et qu'il fut enfin entré en elle, ses baisers se firent voraces. La maîtrise autoritaire qu'il maintenait sur sa bouche la faisait trembler de désir.

—James, je vous en prie, arrêtez de me taquiner.

Elle s'accrocha à ses épaules, le pressant sur elle, ayant terriblement envie de l'encourager à bouger.

—Je pourrais rester ainsi pour toujours, murmura-t-il à son oreille. Vous êtes faites pour moi, mon amour. Il ne pourrait jamais y avoir qui que ce soit d'autre.

Ses mots se précipitèrent en elle comme un vent merveilleux, l'emportant au loin avec un frisson explosif. Elle ressentait la même chose, le désir de rester ainsi pour toujours, de tout ravaler et de garder cette situation entre eux secrète. *Si seulement...*

La réalisation que ce moment allait se terminer se dissipa quand il commença à bouger en elle. Elle cessa d'être Miss Beaumont ou Gillian la servante et devint un être de sensation et d'émotion, de lumière et de chaleur. Toute raison fut oblitérée quand elle enroula les bras autour de lui.

Quand leurs corps s'unirent, la passion palpita fort à l'intérieur de son cœur, ne cessant de croître jusqu'à remplir sa tête jusqu'au point de non-retour. Avec un grondement sourd, elle se brisa en un millier d'étoiles lumineuses. Il ne s'arrêta pourtant pas. Il continua à lui donner des coups de reins jusqu'à ce qu'elle frissonne autour de lui, les à-coups faisant vibrer la partie la plus secrète de sa personne. Elle pouvait sentir le sang sur sa peau, la douceur dans sa bouche et elle s'efforça de le retenir en elle, se sentant devenir une avec lui comme elle n'aurait jamais rêvé pouvoir le faire. Il jouit avec un petit cri et enfonça son visage dans son cou, la couvrant de baisers essoufflés. Leurs souffles légers se mêlèrent et elle ne put résister à l'envie de le savourer, consciente que cela n'allait pas durer.

— Un de ces jours, haleta-t-il en essayant de reprendre sa respiration, je vais vous déshabiller lentement et prendre mon temps, vous faire jouir dans mes bras encore et encore.

La douce luminosité de la joie de leur union fut mouchée par ses paroles.

— Est-ce mal ? Ne devrais-je pas... ?

Seigneur, elle était une créature dévoyée et bien trop vulgaire. Que devait-il penser d'elle, qui s'était laissée exciter aussi vite ?

— Non !

Il rit en se redressant et en s'installant à côté d'elle, mais quand il vit son visage, son rire se dissipa et il lui prit la joue.

— Non, c'est merveilleux. Vous êtes si libérée avec moi ! Savez-vous à quel point c'est rare ?

Gillian secoua la tête.

— Vous devez avoir couché avec de nombreuses femmes.

— Non, dit James. Pas tout à fait. Avant vous, il n'y a eu qu'une seule femme.

— Quoi ?

Elle se redressa légèrement à côté de lui. Leurs jambes étaient toujours emmêlées, mais elle n'essaya pas de s'écarter.

— Je suppose que ce n'est pas très rebelle de l'admettre, mais je n'ai connu qu'une seule femme avant vous. C'était une fille des environs de mon domaine. J'étais jeune garçon. Mon père venait de mourir et elle m'a réconforté. Après ceci, je n'ai jamais...

Il s'interrompit et parut chercher ses mots.

— Je ne suis pas un saint. Depuis, j'ai connu les passions de plusieurs femmes, mais pas entièrement. Je ne me suis jamais senti assez proche de la moindre de ces femmes pour vouloir m'ouvrir à nouveau de la sorte... Avant vous.

Gillian le regarda. Elle avait passé la semaine précédente à se convaincre qu'il allait tourner la page et connaître de nombreuses autres femmes, que ce qu'ils avaient partagé n'avait été spécial que pour elle.

Je m'étais vraiment trompée sur lui. Vraiment.

— Gillian ?

Il murmura son nom et l'inquiétude creusa ses traits.

— Qu'y a-t-il ?

—Je...

Elle rougit et plaça une main sur la poitrine de James pour jouer avec les boutons de son gilet.

— Je suis honorée que vous ayez partagé cela avec moi.

Des ombres envahirent le regard de James.

— Mais vous hésitez toujours à m'autoriser à vous courtiser ?

— Non. Ou plutôt si, cela me plairait, mais les choses ne fonctionneront jamais entre nous. Vous devez me faire confiance quand je vous dis que je ne peux pas être la femme destinée à devenir la comtesse de Pembroke.

—Alors, si je ne peux pas vous avoir, il n'y aura jamais de comtesse de Pembroke. Écoutez-moi, Gillian.

Il lui prit les joues entre les mains. Ses yeux et sa voix débordaient d'assurance.

—Je ne suis pas homme à me préoccuper de ma réputation. Que j'aie un titre et que j'habite à Londres ne signifie pas que je me préoccupe de ce que la bonne société pense de moi, parce que je m'en fiche.

Il lui caressa les joues avec les pouces.

— Je suis simplement venu en espérant vous trouver. Je suis certain que ce qui vous inquiète n'a aucune importance.

C'était pourtant le cas et il ne savait pas à quel point. Gillian, pour sa part, savait que le mariage d'une domestique et d'un aristocrate ternirait la réputation de ce dernier et réduirait à néant les possibilités de mariage de sa sœur. Toutes ses ambitions politiques seraient également détruites. Il serait un rebut, ostracisé.

— Si vous ne me donnez pas l'éternité, m'accorderez-vous une semaine durant la fête privée ?

Une semaine... Pouvait-elle courir un tel risque ? Connaître sept jours magnifiques pour être avec lui comme une lady pouvait l'être avec un gentleman ? Vivre un fantasme, ne serait-ce que pour un moment, consciente qu'elle n'aurait plus d'autre opportunité ? Ce serait risqué, mais elle ne voulait pas refuser. Quels souvenirs parviendraient-ils à se créer au cours de cette semaine, mais qui dureraient pour la vie entière ?

Elle hocha la tête. Elle n'aurait pas pu refuser, ne *voulait* pas refuser.

— Excellent, dit-il en plaçant un baiser sur son front. Rhabillons-nous et retournons-y. Le dîner sera bientôt servi et vous aurez besoin de temps pour vous préparer.

Gillian faillit répondre que ce n'était pas cas, mais elle ne devait pas oublier qu'à présent, en tant que dame, il existait des exigences quant à ses cheveux et ses robes. Elle devrait se montrer particulièrement présentable en termes de coiffure et de tenue. Elle n'avait jamais été plus reconnaissante des jolies robes qu'Audrey avait insisté pour qu'elle emporte.

— Oui, bien entendu.

Elle jeta un dernier regard mélancolique à la prairie dorée et la forêt au-delà, avant de regarder à nouveau James. *Son* James.

Une semaine à faire semblant qu'il est à moi. Ce sera suffisant.

JAMES TROUVA LE DÎNER PROFONDÉMENT ENNUYEUX. IL AVAIT été contraint de passer toute la soirée à côté d'une jeune femme de sa connaissance, Miss Venetia Sharpe. Elle était gentille, mais ses ambitions évidentes l'avaient toujours fait fuir. Il n'avait aucun désir d'épouser une femme qui le pousserait vers une carrière politique simplement pour élever son propre statut.

Il chercha Gillian plus loin le long de la table et leurs regards se croisèrent brièvement. Il lui sourit en se rappelant comment ils avaient fait l'amour dans la prairie. Une rougeur s'empara des joues de Gillian qui lui rendit son sourire, mais baissa aussitôt la tête et se tourna pour parler à sa compagne.

— Milord ?

Venetia se pencha vers lui, le distrayant par son parfum. Il n'était absolument pas déplaisant, mais ce n'était pas la délicate fragrance d'eau de rose que portait Gillian, quelque chose de féminin et de naturel.

— Euh... Oui.

Il prit son verre de vin pour ce qui lui parut être la centième fois de la soirée. Ses sens commençaient déjà à flancher. Il aurait de la chance s'il arrivait à tenir debout après un dîner tel que celui-ci.

— J'ai récemment commencé à correspondre avec votre sœur, Letticia. C'est une femme adorable et quand nous rentrerons à Londres, j'espère que vous m'accompagnerez faire une promenade à cheval dans le parc.

James était tenté de féliciter cette femme pour sa tentative éhontée de s'ancrer plus fermement à lui. S'il était vu en compagnie de Venetia et de sa sœur, les langues se délieraient et il serait probablement forcé de l'épouser.

— Cela a l'air intéressant. Je suis certain que Letticia serait ravie de se promener avec vous.

Il prit soin de ne pas confirmer sa présence à cette activité. Il se pencha en avant et adressa un autre regard à Gillian à l'autre bout de la table. Vingt personnes au moins étaient présentes à Rochester Hall pour cette fête.

Gillian était assise entre Charles Humphrey – le comte de Lonsdale – et Jonathan Saint-Laurent. Chaque fois que Jonathan s'adressait à elle, elle parlait avec animation, mais quand c'était Charles, elle rougissait et se retournait à la hâte vers son assiette.

Il sentit un pincement de jalousie. Cet homme était beau et particulièrement charmant. C'était un ami de James, mais également un rebelle et un séducteur invétéré. Que sa soupirante se retrouve en présence d'un tel homme lui déplaisait. Gillian regarda autour d'elle et soutint son regard en lui adressant un petit sourire. Cette fois-ci, quand elle rougit, il sut que c'était à cause de lui.

Il reçut un coup de coude dans les côtes. Venetia le regardait, choquée et l'air bien trop innocente.

— Toutes mes excuses.

Il se rendit alors compte que le son qui vibrait dans ses oreilles, celui qui l'avait irrité, était la voix de la jeune femme.

— Milord, je *dois* vraiment vous dire que votre distraction est particulièrement navrante.

Cette déclaration attira l'attention des invités qui les entouraient et il sentit ses joues s'empourprer. De l'autre côté de la table, Lucien Russell, le marquis de Rochester – leur hôte ! –, essayait de dissimuler un ricanement moqueur derrière son verre de vin. Horatia, son épouse, le regardait sombrement quand elle fit soudain la grimace et se toucha le ventre.

James savait que de nombreux hommes auraient confiné leurs épouses à domicile pendant au moins deux mois avant le terme, mais pas Lucien. Plus tôt dans la journée, il avait avoué à James que la perspective que sa femme reste allongée sur un lit pendant deux mois était inadmissible. Cela les aurait rendus fous tous les deux.

— Je suis vraiment désolé, je vous l'assure, dit James à Venetia.

Il fut soulagé quand le plat suivant arriva. Tout le monde se tourna alors vers le pudding au pain savoureux et la tour de gelées rouges et bleues qu'on apporta dans la pièce. Plusieurs personnes applaudirent devant ce spectacle et James saisit cette opportunité pour dérober un autre regard à Gillian.

Dix personnes les séparaient et il le supportait difficilement. Survivrait-il à une semaine entière sans pouvoir s'asseoir à côté d'elle pour dîner ! Il serait peut-être capable de convaincre Horatia de changer le plan de table tous les soirs. Cela lui donnerait peut-être l'occasion de s'asseoir plus près de Gillian au moins une fois sans offenser Miss Sharpe. De toute évidence, celle-ci voulait lui mettre le grappin dessus et refusait de se laisser déloger.

Quand le dîner arriva à son terme, James était prêt à prendre la fuite vers la salle de billard en compagnie du reste des hommes. Il trouverait un moyen de rejoindre Gillian pendant la nuit, une fois que les lampes seraient mouchées et la majeure partie des domestiques dans leurs lits.

Il s'arrêta dans le couloir alors que les ladies quittaient la salle à manger pour passer au salon. Gillian regarda dans sa direction. Il sourit à nouveau, essayant d'ignorer une bouffée d'espoir immature à chaque fois qu'elle lui rendait son sourire.

— Vous feriez mieux de faire attention, Pembroke, dit Lucien quand il rejoignit James dans le vestibule.

Ce dernier le regarda.

— Je vous demande pardon ?

Ce diable roux affichait un large sourire.

— Je vois que vous gardez l'œil sur une dame, alors qu'une autre est décidée à vous passer la bague au doigt

James soupira puis éclata de rire.

— Miss Sharpe a les dents longues, en effet. J'ai bien cru que je ne survivrai pas au troisième service.

Lucien lui tapota l'épaule.

— Venez faire une partie. Cela vous fera oublier les intrigantes.

La salle de billard était pleine d'hommes qui se versaient des verres de porto. Au moins quatre d'entre eux encerclaient un coffret en laque et en tiraient des cigares. Charles en porta un à ses narines et renifla. Puis il sourit et le lança à James. Celui-ci l'attrapa alors que Lucien et lui allaient rejoindre Charles.

— Je crois que la nuit va être longue, dit ce dernier.

— Comment cela ? demanda James.

— Les dames n'iront pas se coucher avant un bon moment ; elles étaient toutes un peu trop animées. Cela signifie que nous resterons debout tard pour veiller sur elles.

Le ton de Charles contenait une note de malice.

— C'est vrai.

Les yeux de Lucien s'égarèrent vers la porte. James se dit qu'il devait songer à son épouse et à sa condition.

— Il reste à Lady Rochester encore un mois avant la naissance, n'est-ce pas ?

James savait qu'il devait aborder la question avec délicatesse.

— Avant la naissance, oui...

Les yeux de Lucien se voilèrent d'inquiétude.

— Dans la journée, elle a ressenti des douleurs et je n'aime pas être trop loin d'elle.

— Voilà pourquoi ce soir, nous montons la garde, dit Charles en ricanant. Jonathan, apportez-nous ce porto posé là-bas.

Jonathan récupéra quelques verres et la bouteille qu'il apporta sur un plateau. Il disposa le tout sur la console située près des tables de billard.

Lucien prit un verre vide et se versa une généreuse quantité de porto.

—A la...

La porte de la salle de billard s'ouvrit brusquement et Gillian se jeta à l'intérieur. Elle haletait fort. Elle avait les joues rouges et sa poitrine tanguait sous son corset ajusté. James fronça les sourcils. Quelque chose n'allait pas ! Gillian n'était pas le genre de femme à se précipiter dans une salle de billard.

— Milord ! cria-t-elle à Lucien. Lady Rochester... Elle vient de perdre les eaux.

Elle regarda Lucien alors que tous les hommes présents se redressaient d'un bond.

— Horatia ?

Lucien laissa échapper son verre qui se brisa à ses pieds.

— Le bébé... Il arrive en avance. Vous devez faire venir le médecin sans attendre.

— En avance ?

Ce mot était un murmure rauque. Même les hommes qui en savaient un peu sur les bébés avaient conscience qu'un enfant prématuré devrait se battre pour survivre.

— Oui.

Gillian se tourna alors vers James. Lucien étant trop choqué pour réagir, elle quémandait son aide du regard.

— Que peut-on faire ? demanda James, le cœur battant.

— Le médecin. On a besoin du médecin, répéta Gillian.

— Je vais le chercher, proposa Jonathan.

— Oui, allez-y tout de suite, Jon, dit Charles. Dépêchez-vous.

Jonathan quitta la pièce en coup de vent. Charles regarda James et désigna du menton Lucien, lui adressant un ordre silencieux que celui-ci comprit immédiatement. James et lui saisirent Lucien par les bras pour le mettre en mouvement.

— Allons, mon garçon, montons à l'étage et voyons ce qu'on peut faire, murmura Charles à Lucien d'une voix apaisante.

Le rebelle autrefois réputé, qui avait affronté son meilleur ami en duel, était à présent blafard, agité. Le reste des hommes revinrent à leurs boissons et leurs cigares, conscients qu'il valait mieux qu'ils restent à l'écart si on n'avait pas besoin d'eux.

James, Charles et Lucien suivirent Gillian jusqu'en haut des escaliers vers une chambre à coucher.

— Elle se repose dans son lit, dit Gillian, mais elle a ordonné qu'on vous laisse entrer.

James était légèrement surpris. Les hommes restaient généralement à l'écart, du moins, c'était ce qu'on lui avait dit. Toutefois, si Lucien ressentait pour Horatia la même chose que lui pour Gillian, il n'aurait pas voulu que la femme qu'il aimait affronte ce moment seule.

Lucien se tourna vers son ami en tremblant.

— Charles, vous avez participé quand votre petite sœur Ella est née, n'est-ce pas ?

— Oui.

L'attitude généralement joviale de Charles s'était évaporée.

— C'était une grossesse sur le tard et on craignait que ni elle ni Ella n'y survivent. J'ai eu la chance d'assister à l'événement et une des bonnes m'a montré quoi faire.

— En attendant l'arrivée du docteur, pouvez-vous nous aider ? Nous n'avons personne sur place qui soit formé aux accouchements. Ma mère est à Londres, chez mon frère Lawrence et sa femme, Zehra. Je ne veux pas que Horatia traverse cela toute seule si vous savez quoi faire.

— Bien entendu.

Charles et Lucien entrèrent dans la chambre et refermèrent la porte.

Gillian se tourna vers James.

— Que puis-je faire ? lui demanda-t-il. Il doit bien y avoir quelque chose.

Elle hocha la tête.

— Ordonnez aux valets d'aller chercher de l'eau bouillante et autant de linge propre que possible. Il faudra aussi un couteau stérilisé par le feu. On en aura besoin si le bébé arrive.

Il déglutit fort.

— Un couteau ?

— Oui. Il y aura un cordon à trancher quand le bébé arrivera.

— Très bien... Je vais aller chercher le couteau et le reste.

Il l'attrapa par les hanches et déposa un baiser insistant et désespéré sur ses lèvres avant de courir chercher les serviteurs.

8

Gillian se toucha les lèvres, perdue dans la frénésie soudaine des émotions que le baiser de James lui fit ressentir. Puis un cri issu de la chambre derrière elle la rappela à l'intérieur. Seulement vêtue d'une chemise de nuit, Horatia était accroupie à côté du lit et elle gémissait.

Lucien s'accrochait à l'une de ses mains tandis qu'il avait l'autre bras autour de ses reins. La future mère haleta rapidement à plusieurs reprises avant de se détendre. Près d'elle, Audrey se tordait nerveusement les mains.

— Est-ce très douloureux ? demanda Audrey à sa sœur aînée.

— *Ah !*

Horatia serra plus fort la main de Lucien qui grimaça.

— Par les dents de Dieu ! Où les femmes trouvent-elles la force ?

— De toute évidence, c'est particulièrement doulou-reux, dit Charles à Audrey. Pouvez-vous aller voir si on peut ramener des glaçons ou des linges froids imbibés d'eau ?

— Très bien.

Audrey se tourna vers Gillian.

— Vous avez entendu ?

— Oui, Madame, je vais en chercher, la rassura Gillian.

— Merci.

Audrey la prit dans ses bras avant de se retourner vers sa sœur.

— Je crois que j'ai besoin de m'allonger... de reprendre ma respiration, hoqueta Horatia.

Lucien l'aida à s'installer sur le lit. Elle s'étendit sur le côté pendant un moment avant de grogner puis de rouler sur le dos, les jambes en l'air. Gillian se précipita pour recouvrir ses jambes écartées d'une couverture.

— Lucien, avez-vous préparé une chaise d'accouche-ment ? demanda Charles.

— Non, nous n'étions pas prêts.

Le visage de Lucien était aussi blanc que du marbre.

— Ce n'est pas grave, dit Charles qui regarda Horatia. Vous pouvez rester allongée sur le côté pour la naissance si vous voulez. Si vous ressentez l'envie de pousser, faites-le, poursuivit-il. Si vous avez besoin d'aide pour vous redresser et vous déplacer, nous vous aiderons, l'instruisit-il.

Le comte de Lonsdale lui témoignait une tendresse que Gillian ne lui avait encore jamais vue. Généralement, sa vie consistait à séduire les femmes et s'attirer des ennuis, même si ce n'était pas nécessairement dans cet ordre-là. Toutefois, il s'efforçait exclusivement d'aider Horatia à mettre au monde un enfant en bonne santé.

Lucien s'assit à côté de son épouse. Il lui prit une main et lui écarta les cheveux du visage en lui adressant des murmures. Charles se positionna de l'autre côté d'Horatia. Il prit son autre main et vérifia l'heure à sa montre. En sortant de la pièce, Gillian trouva quelques servantes qui patientaient.

— Allez chercher de la glace à la glacière et ramenez-nous aussi un peu d'eau froide et des linges.

— Oui, Miss.

Les bonnes lui firent la révérence et s'éclipsèrent rapidement. Quand Gillian revint, Audrey et Charles se tournèrent vers elle.

— James et plusieurs bonnes nous font monter ce dont nous avons besoin.

Charles poussa un soupir de lassitude.

— C'est bien. Parce que le bébé arrive rapidement. Le médecin risque de ne pas se présenter à temps et nous devrons être prêts à accoucher cet enfant sans lui.

— Nous tous ? dit Audrey avec des yeux effarés. Aussi intrépide qu'elle soit, la maîtresse de Gillian était très impressionnée par le sang. Cela n'allait pas être facile pour elle.

— Audrey, tu *dois* rester, l'implora Horatia.

Son corps fut alors saisi par une contraction particulièrement douloureuse.

— Bien sûr que oui, promit Audrey dont le visage était pourtant pâle et cendreux.

Charles remit sa montre dans sa poche et regarda les autres.

— Ses douleurs sont très rapprochées, dit Charles avant de toucher le visage et le front de la jeune femme. Horatia, avez-vous eu mal toute la journée ?

Elle se mordit la lèvre et hocha la tête.

— Oui, je pensais que c'était juste le bébé qui s'agitait et donnait des coups de pied. Je ne savais pas qu'il arrivait. Pas avant que le dîner soit terminé.

— Ce n'est pas grave. Les bébés arrivent parfois sans prévenir. Comment vous sentez-vous ?

Horatia hoqueta.

— Comme si j'avais besoin de pousser...

Elle acheva sa phrase par un grognement et son corps se plia en avant. Puis elle se détendit et se tourna vers Lucien en haletant.

— La chambre d'enfant... Avez-vous terminé le berceau ? Ont-ils préparé les vêtements ?

— Oui, promit Lucien en déposant des baisers sur sa main. J'aurais dû savoir que vous étiez prête à avoir notre enfant aussi tôt. Comment ai-je pu ne pas m'en rendre compte ?

Il inclina la tête et ses cheveux roux brillèrent au feu de l'âtre. En cet instant, Gillian eut mal pour lui. Elle savait qu'il était terrifié pour sa femme et son enfant.

— Savoir ? Comment aurait-il pu le savoir ? demanda Audrey à Gillian.

— Certaines femmes savent d'instinct que le bébé arrive et essayent de tout préparer. C'est un peu comme les oiseaux quand ils commencent à bâtir leurs nids au printemps.

— Oh.

Audrey regarda sa sœur en plissant les sourcils et Gillian toucha le bras de sa maîtresse.

— Tout va bien se passer, dit Gillian en priant pour que ce soit le cas. Une naissance prématurée pouvait s'avérer difficile et dangereuse pour la mère autant que pour l'enfant.

— Horatia, si vous ressentez le besoin de pousser, poussez. Gillian, j'ai besoin que vous restiez ici, dit Charles.

Celle-ci s'approcha du lit et Charles désigna les jambes d'Horatia.

— Descendez la couverture et surveillez-la pour moi. Gardez-lui les jambes écartées et je vous dirais quels signes surveiller. Normalement, une femme accouche sur le côté, mais je crois qu'Horatia est plus à l'aise sur son dos.

— Oui, Milord.

Gillian s'agenouilla devant les jambes d'Horatia et ôta les couvertures.

— J'ai peur, dit soudain Horatia.

Ses genoux commencèrent à se refermer, mais Gillian les lui attrapa et les tint écartés. Gillian regarda alors Lucien.

— Distrayez-la, Milord. Cela l'aidera peut-être.

— La distraire...?

La voix de Lucien mourut pendant un moment, puis il caressa le visage d'Horatia.

— Vous souvenez-vous cette nuit dans le Jardin de Minuit, quand nous avons discuté des étoiles?

Horatia éclata d'un rire qui restait tendu.

— Oui. Je me rappelle m'être sentie très en sécurité avec vous.

Lucien ricana.

— Vous étiez en sécurité. Très en sécurité. Vous savez que j'aurais fait n'importe quoi pour vous protéger.

Une autre contraction tira un sifflement à Horatia et braqua un regard vengeur sur Lucien.

— C'est vous qui m'avez fait cela! Oh!

Elle se saisit le ventre puis, quelques secondes plus tard, elle se détendit un peu.

Horatia coula un regard à son mari.

— Je suis désolée, je n'avais pas l'intention de... Je sais que vous voulez simplement m'aider. Je ferais la même chose pour vous.

— Je sais, mon amour, je sais. Et vous êtes vraiment en sécurité maintenant. Charles sait ce qu'il fait. Gillian aussi.

— Racontez-moi une histoire, pria-t-elle Lucien. Une belle histoire.

Il adressa un sourire radieux à Horatia.

— Vous ai-je déjà parlé de la nuit où, à Cambridge, Cédric et moi nous sommes faits prendre en rentrant discrètement à nos résidences ? Nous pouvions à peine marcher après les festivités de la nuit et nous traînions derrière nous une statue de Sir Isaac Newton que nous avions chipée à une autre université...

En un instant, la chambre se détendit alors que Lucien racontait ses frasques d'étudiant. Horatia se relaxa. Chaque fois qu'elle avait une contraction, tous les occupants de la pièce retenaient leur souffle en attendant qu'elle passe.

Gillian baissa la garde alors que Lucien conservait l'attention de sa femme. Charles encouragea Gillian à guetter la tête de l'enfant. Quand une touche sombre apparut, Gillian cru qu'elle allait pleurer de soulagement.

— Je le vois. Le bébé !

Charles s'abaissa sur le lit à côté d'Horatia et lui agrippa l'autre main.

— C'est bien.

Gillian savait qu'il devait avoir mal, parce que les doigts d'Horatia laissèrent des marques rouge vif sur sa peau, mais il ne se plaignit pas.

— Lucien, tenez-lui la main. Ne la lâchez pas.

— Non, répondit Lucien qui ne détourna pas les yeux de sa femme.

Charles se servit de son autre main pour caresser le front d'Horatia du revers de la main.

— Maintenant, Horatia, poussez quand vous le pourrez, et poussez *fort*. Le temps est précieux, maintenant. Vous êtes en travail depuis trop longtemps et nous ne voulons pas que l'enfant se retrouve coincé et suffoque.

— Suffoque ? sifflèrent Horatia et Lucien, alarmés.

— Oui, alors vous feriez mieux de pousser ! dit fermement Charles.

Horatia plissa le visage, découvrit les dents et, avec un cri guttural, elle poussa.

James et un valet se ruèrent en haut des marches. Ils tenaient dans les mains un couteau ébouillanté, de l'eau et des serviettes. Un autre cri d'Horatia déchira l'atmosphère et James faillit tituber, mais il se rattrapa en atteignant la marche supérieure. Quand il atteignit la chambre de Lucien, il faillit s'y précipiter, puis se reprit et toqua à la porte. Le visage pâle, Audrey ouvrit la porte et accepta les objets des mains du valet. Quand elle vit le couteau, elle fit un geste du menton pour intimer à James l'ordre d'entrer.

—Je ne pense pas que je devrais...

— Ma sœur s'en fiche, l'interrompit-elle.

James la suivit à l'intérieur, les yeux baissés, jusqu'à ce qu'il repère Gillian aux pieds d'Horatia.

Sacrebleu...

Charles se précipita vers James et s'empara du couteau.

— Gillian, tenez-vous prête à attraper le bébé.

James se plaqua contre le mur. Il se sentait inutile et de trop, mais il ne parvenait pas à se forcer à partir. Son regard restait braqué sur Gillian qui enfonça les bras sous la tente formée par la chemise de nuit sur les jambes d'Horatia. Soudain, elle en retira un petit bébé à la peau bleue. Il était collant, légèrement couvert de sang et immobile. Il ne savait pas grand-chose sur les enfants, mais n'aurait-il pas dû pleurer ?

— J'ai besoin d'une serviette, dit Gillian en regardant autour d'elle.

Enfin capable de bouger, James se précipita vers elle en même temps que Charles avec le couteau. Il eut un moment d'immaturité et ferma les yeux alors que Charles coupait le cordon et que Gillian enveloppait l'enfant dans les serviettes, essuyant doucement le sang de son visage minuscule.

— Tout va bien ? leur parvint la voix faible de Horatia depuis le lit. Il ne pleure pas.

Démunie, Gillian brandit le bébé vers les autres. James vit immédiatement au visage bleu du bébé et à ses petits sifflements qu'il avait du mal à respirer. Charles retira l'enfant des bras de Gillian et le serra contre lui, lui adressant des murmures et le plaquant contre sa poitrine. James se joignit à lui, se pencha pour regarder l'enfant et poussa une prière à mi-voix.

— Allez, mon petit. Respire. *Bats-toi.*

James voulut transférer toute sa propre force dans cet enfant. Son visage était tout petit et ses mains minuscules se fermaient et s'ouvraient alors que ses petits poumons luttaient pour respirer. Tout le monde restait silencieux hormis Horatia qui se mit alors à pleurer. Le regard de Lucien était tiraillé entre sa femme et l'enfant que tenait Charles.

— Allez, rugit ce dernier qui baissait les yeux vers l'enfant. Vas-y, *respire.*

— Je t'en prie, mon petit, bats-toi ! souffla James de tout son cœur.

Le petit bébé pinça soudain le visage et poussa un hurlement assourdissant. James se détendit ; le son du cri agité du bébé était la chose la plus appréciée qu'ils aient entendue de toute la journée.

— S'il est capable de crier aussi fort, je dirais qu'il a de véritables chances de s'en sortir, dit Charles avec soulagement.

Tenant toujours l'enfant dans ses bras, il s'approcha de la colonne de lit et s'y affaissa. Il tendit alors le bébé à Horatia et Lucien, effarés et anxieux.

— Il ? demanda Lucien.

— L'enfant est un garçon. Vous êtes père, dit Charles avec un grand sourire. Et Jonathan me doit dix livres.

— Bon sang, cela signifie que j'en dois au moins trente à Godric, dit Lucien. J'étais certain que c'était une fille. Seules les filles causent autant de problèmes.

Horatia laissa sa tête retomber sur les oreillers en grognant.

— Vous pauvres imbéciles avez lancé des paris sur mon enfant ? Vous avez pris tout ceci pour un divertissement ?

Charles et Lucien baissèrent les yeux à terre.

— Eh bien, c'était plutôt amusant, jusqu'à maintenant, admit Lucien.

Horatia siffla.

— Attendez que je reprenne des forces. Vous méritez de bons coups de pied au cul !

— Surveillez vos paroles, mon amour. Vous ne voudriez pas offenser les oreilles délicates de notre nouveau-né.

Charles renifla d'un air moqueur.

— Il n'a pas la moindre chance, avec la Ligue des Rebelles pour oncles.

Tout fier, le comte bomba le torse.

— Attendez que les autres le voient ! Il deviendra un jeune homme fort !

Ne pouvant résister à l'envie de sourire de leurs badinages, James se rapprocha de Lucien.

Celui-ci baissait vers l'enfant des yeux émerveillés.

— Il sera le plus fort d'entre eux. N'est-ce pas, mon cher garçon ?

Puis il déposa un baiser sur la tête du bébé qu'il plaça alors dans les bras d'Horatia. Elle se cala contre le lit. Un sourire s'accrochait à ses lèvres malgré son épuisement évident et ses frustrations.

— Merci, merci à tous, dit-elle aux occupants de la pièce. Vous l'avez sauvé. Vous nous avez sauvés tous les deux. Je ne sais pas ce qui se serait passé si...

James ne put que hocher la tête. Il avait une boule dans la gorge. Il regarda Lucien et Horatia qui tenaient leur fils, puis il vit que Gillian les regardait, une main sur la bouche. Quand elle tourna la tête, leurs regards se croisèrent et se soutinrent.

— Voulez-vous bien m'attendre à l'extérieur ? Je dois m'occuper de Sa Grâce. Elle n'a pas encore expulsé le placenta. Je sortirai vous rejoindre après.

— Bien entendu, promit-il avant de quitter la pièce.

Toutefois, quelque chose lui trottait dans un coin de la tête. Une chose qu'elle avait dit.

Une demi-heure plus tard, la porte s'ouvrit et Gillian sortit. Quand elle l'aperçut, son visage s'illumina d'un grand sourire.

— La mère et l'enfant se portent-ils bien ? demanda-t-il.

Elle hocha la tête.

— Nous en serons certains une fois que le médecin sera là. Un prématuré comme lui connaîtra plusieurs semaines difficiles, mais si elle le garde au chaud et tient le berceau au soleil, je crois qu'il va s'en sortir. Ma mère dit que le soleil peut guérir de nombreuses affections chez les enfants.

— Dieu merci !

James tendit les bras et Gillian s'y abandonna, enfonçant le visage contre sa poitrine. Elle tremblait contre lui et il se rendit compte qu'elle devait être très proche d'Horatia pour s'inquiéter autant pour elle. James plaqua les lèvres contre le sommet de son crâne.

Il ne savait pas pendant combien de temps il l'avait étreinte, mais au bout d'un moment, elle dit enfin :

— Emmenez-moi au lit.

James répondit par un sourire secret.

— Avec grand plaisir.

Il la prit par la main et ils se glissèrent au bas des marches vers sa chambre dans l'aile ouest. Il avait prévu de lui faire l'amour ce soir-là et de prendre enfin son temps.

Gillian essaya de ne pas trop trembler alors que James refermait la porte et remettait le loquet en place. Quand il se tourna vers elle, il souriait.

— Je ne vais pas me précipiter cette fois.

Sa voix était douce et taquine.

— Je n'ai pas envie que vous le fassiez.

Elle lui tourna le dos et il vint se positionner derrière elle. Puis il plaça les mains sur ses hanches avant de les faire remonter lentement le long du laçage de son dos. Il enfonça les doigts dans les lacets de la robe. Son contact délicat la taquinait.

— Vous voulez peut-être agir *un peu plus* rapidement ? suggéra-t-elle d'une voix haletante.

Le ricanement bas de James donna à Gillian un frisson d'anticipation. Il se pencha et embrassa délicatement son épaule nue.

— Un peu plus rapidement, alors.

Il lui mordilla le cou alors que ses doigts tiraillaient sur sa robe. Très vite, elle tomba autour de ses pieds. Elle se glissa hors de ses jupons puis s'attaqua à son corsage. Elle ne put résister à l'envie de se pencher en avant pour frotter ses fesses contre lui alors qu'elle laissait le corsage retomber.

— Seigneur, comme vous me tentez ! gronda-t-il.

Ce son vrombissant fit frissonner Gillian de désir. Il était toujours si maîtrisé, si gentleman, mais quand il était avec elle, comme en ce moment-même, il semblait toujours à deux doigts de perdre le contrôle, et cela lui plaisait. Cela signifiait qu'il ne lui cachait rien ; il était lui-même. Il était ainsi à cause d'elle.

Seulement vêtue de sa chemise de nuit, elle se tourna vers lui et tendit les mains vers sa cravate. Il les lui saisit et déposa des baisers dans ses paumes.

— Si je vous laisse me déshabiller, je ne serai pas

capable de me retenir. Or, je veux que vous soyez satisfaite et épuisée bien avant que je puisse vous conquérir.

Son sourire se fit absolument diabolique et Gillian ne put retenir le flot de chaleur moite que cela lui provoqua entre les cuisses.

— Est-ce vrai ?

Elle inclina la tête et lui offrit son cou. Il s'humecta les lèvres et l'agrippa par la taille pour la poser sur le lit. Elle retomba en arrière, aimant la façon dont il bondit sur elle. James l'emprisonna avec son corps et frotta son nez contre le cou de la jeune femme. Puis il se retira et se mit à califourchon sur elle afin de soulever sa chemise de nuit et de la lui retirer.

Être emprisonnée sous lui, complètement nue, la faisait se sentir très vulnérable, mais pas effrayée. Être avec lui ne l'avait jamais apeurée.

James prit un de ses seins dans sa paume et caressa la pointe sensible. Gillian cambra le dos, pressant son sein plus fort contre sa paume. Poussant un grondement bas, il ondula des hanches contre elle et elle sentit la dure pression de son excitation entre ses cuisses.

— James, je ne veux pas aller lentement.

Gillian s'accrocha à ses bras et tira sur le tissu fin de sa chemise.

— Que voulez-vous ? demanda-t-il en lui prenant l'autre sein qu'il massa avant de se pencher et de prendre son mamelon dans sa bouche.

La sensation de sa bouche sur sa peau la fit gémir. Un

désir aigu brûlait entre ses jambes. La douleur de son envie montait en fièvre.

— J'ai besoin de vous ! Ne soyez pas doux, pas cette fois, l'implora Gillian.

James se débarrassa de son gilet et de sa chemise, puis il abaissa son pantalon juste assez pour se libérer. Gillian baissa la main, prit sa verge et la guida en elle.

Le coup de reins était profond, si profond qu'elle aurait pu jurer qu'elle le sentait partout à l'intérieur d'elle, comme s'il n'y avait aucune partie d'elle qui n'était pas connectée à lui.

— Regardez-moi, dit-il. J'ai envie de voir vos yeux.

James se retira et donna un autre coup de reins. Gillian soutint son regard en poussant une expiration tremblante.

Ils firent frénétiquement l'amour comme si le monde qui les entourait allait bientôt cesser. Des vagues d'extase s'accrurent en un tempo qui s'harmonisa avec leurs cœurs qui battaient rapidement. Cette union désespérée des corps ne ressemblait à rien de ce que Gillian avait pu connaître. La sensation de son regard sur elle, dévorant le spectacle qu'elle présentait alors qu'il la possédait d'une façon qui la faisait se sentir sauvage et pourtant en sécurité.

La turbulence de ses émotions de ce soir, avoir vu James parler à cette femme pendant le dîner, puis voir Horatia et son enfant en danger alors que James tenait l'enfant, l'encourageant à vivre... Elle avait été entraînée dans un état de désespoir, un besoin d'être avec lui d'une façon qu'elle ne regretterait jamais, même si cela ne pouvait jamais durer. Elle n'avait plus la moindre réserve à laquelle se raccrocher au cours des quelques journées qui allaient suivre.

— Ah !

Elle poussa un petit cri de douce agonie alors qu'un orgasme rugit en elle. Quelques secondes plus tard, James murmura son nom. Il afficha un air d'émerveillement et de choc tout en s'abandonnant.

Il baissa la tête jusqu'à ce que son front touche le sien puis il ferma les paupières en respirant fort.

Gillian le serra contre lui et replia les bras autour de son corps. Il était un homme si bon, si fantastique... un homme de qui elle tombait désespérément amoureuse.

— Tout va bien ? demanda-t-il d'une voix basse et rude. Je ne vous ai pas fait mal ?

— Non, lui assura-t-elle. C'était remarquable.

Elle lui caressa la nuque du bout des doigts et joua avec ses cheveux sombres.

— C'est agréable.

Il les fit se retourner afin qu'ils roulent sur le côté. Il se débarrassa de son pantalon d'un coup de pied et retira les vêtements qu'il lui restait avant d'aider Gillian à ouvrir la couverture. Ils grimpèrent tous les deux dans le lit.

— Je ne cesse d'essayer de vous séduire lentement, dit-il en lui souriant.

— Je n'ai peut-être pas besoin qu'on aille lentement.

— Hum…

Il pinça les lèvres en une grimace feinte et elle pouffa.

— Devrions-nous éteindre les bougies ?

— Pas encore. J'ai envie de rester étendue entre vos bras et de vous regarder.

Gillian se blottit contre son corps mince et musclé, s'accrochant à lui comme s'il était précieux.

— Je ne vais pas protester.

Il passa un bras autour d'elle et replia l'autre derrière sa propre tête. Ils restèrent étendus en silence pendant quelques instants puis elle reprit la parole.

— J'ai eu si peur pour Horatia et son enfant, ce soir !

Elle retint son souffle. Elle avait eu peur d'avouer une telle chose. Et s'il ne souhaitait pas en parler ?

— Moi aussi. Je n'avais encore jamais assisté à une naissance. C'était plutôt effrayant.

— Cela m'était déjà arrivé une fois. Une voisine qui vivait à côté de ma mère et moi a commencé son travail et nous l'avions aidée avant l'arrivée du médecin.

— Vous ne parlez guère d'elle, dit James.

— De qui ?

Gillian leva la tête pour le regarder et posa le menton sur sa poitrine.

— De votre mère. Voulez-vous bien me parler d'elle ?

Gillian resta silencieuse pendant un long moment et déposa un baiser sur la poitrine de James avant de reprendre la parole.

— Je l'aimais beaucoup, mais elle n'était pas très

gaillarde. Elle a choisi d'être avec mon père parce qu'elle pensait que cela lui offrirait un certain avantage. C'était vrai, du moins pendant un moment, mais après sa mort, elle a été surprise par le coût de la vie en solitaire.

— Votre père ne vous avait laissé aucune ressource ?

— Je suis certaine qu'il a entretenu quelque projet, mais il ne nous en n'a pas informées avant sa mort.

Ce n'était pas entièrement vrai. Son père lui avait versé quelques petits fonds avant son trépas, mais il n'aurait pas pu leur léguer sa fortune ou même une petite portion sans que le nouvel héritier, son demi-frère, n'ait le pouvoir d'abroger les largesses de leur géniteur. Gillian déglutit difficilement et poursuivit.

— J'étais raisonnable – je l'ai toujours été – et j'ai trouvé un moyen de survivre, mais son décès a eu raison de ma mère qui est morte de douleur. Parfois...

Les larmes lui brûlèrent les yeux et elle s'interrompit. James passa les doigts dans ses cheveux. Elle trouva son contact réconfortant et se força à poursuivre.

— Parfois, je suis soulagée de ne pas porter plus de fardeaux, de devoir compter seulement sur moi-même mais en même temps, je déteste ressentir ce soulagement.

Il lui prit la joue et son sourire se fit triste.

— Je connais cette sensation. J'aime ma mère, mais parfois, le poids horrible de devoir m'occuper d'elle m'écrase. Puis je pense que la femme qu'elle était, la femme que j'aimais, a disparu, qu'il n'en reste qu'une coquille vide, et elle me manque. Ça me fait sentir si vide à l'intérieur !

Il s'interrompit et sa voix se brisa.

— La semaine dernière, le Dr Wilkes m'a convaincu de l'envoyer dans mon domaine à la campagne. Il craint qu'elle ne dépérisse. Je ne voulais pas, mais elle avait besoin d'un endroit plus sûr, un endroit avec moins d'escaliers. J'ai le cœur serré quand j'y pense. J'ai du mal à respirer. Ce n'est qu'avec vous que je respire et que j'oublie mes inquiétudes. C'est comme si je pouvais recommencer à respirer.

La sincérité de James déchirait le cœur de Gillian. Elle ressentait la même chose pour lui.

Elle remonta le long de son corps jusqu'à ce qu'ils se retrouvent nez à nez puis elle l'embrassa, laissant toute sa tristesse, sa joie, *tout* ce qu'elle avait, se communiquer de ses lèvres à celles de James. Comment aurait-elle pu refuser quoi que ce soit à cet homme ? Il était son monde tout entier. Pour le moment.

Elle n'avait peut-être pas besoin d'autre chose.

9

Letty Fordyce attendait nerveusement dans le vestibule de l'hôtel de ville du comte de Morrey. Une lettre se trouvait à l'intérieur de son réticule, une lettre pleine de commérages licencieux, mais Letty avait besoin de réponses et c'était peut-être le seul endroit où elle pourrait en obtenir.

Le majordome fit son apparition.

— Pardonnez-moi de vous avoir fait attendre. Sa Seigneurie va vous recevoir.

Letty suivit le serviteur vers une pièce au premier étage. Elle entra dans le salon et fut frappée par la beauté de l'ameublement. Le comte de Morrey avait des goûts exquis. Quand elle s'avança dans la pièce, une silhouette se redressa du fauteuil. Cet homme était grand avec des cheveux sombres et des yeux gris frappants qui firent étrangement vaciller la jeune femme quand il lui sourit.

Son visage était attirant aussi, très attirant, mais ce furent ses yeux qui retinrent l'attention de Letty. Ils lui rappelaient quelqu'un, sans qu'elle parvienne à se souvenir de qui.

— Lady Letticia ?

Sa voix était basse et douce, et la cadence de ses propos contenait une note de familiarité et d'intimité qui la fit frissonner. Il parlait comme un amant... Non qu'elle sache ce qu'un amant été censé être, mais ceux qui peuplaient ses fantasmes étaient comme lui, *souriaient* comme lui.

Oh, mon dieu...

— Milord, je suis terriblement désolée de vous déranger, puisque nous ne nous sommes encore jamais vraiment rencontrés jusqu'à maintenant.

Elle essaya d'apaiser la palpitation soudaine dans sa poitrine. Quand un homme avait-il déjà provoqué cette étrange sensation en elle ? C'était peut-être parce que c'était la première fois qu'elle rencontrait cet homme et aussi à cause de la raison embarrassante de sa visite... Ce devait être cela.

— Ne vous inquiétez pas. Asseyez-vous, je vous prie. Dites-moi pourquoi vous êtes venue. J'admets que votre lettre de ce matin était très intrigante. Le manque de détails est compensé par une sensation de mystère.

Elle se glissa sur le canapé et il reprit sa place sur le fauteuil en face d'elle.

— Ma question va être plutôt déplaisante... du moins

je le crains. Connaissez-vous une femme du nom de Gillian Beaumont ?

Le regard acéré de Morrey se radoucit soudain.

— Gillian ?

Il prononça ce mot à voix basse comme s'il avait vu un fantôme du passé.

— Oui. Vous voyez, mon frère, le comte de Pembroke, a récemment développé un *attachement* pour cette femme. Elle dit qu'elle s'appelle Gillian Beaumont. Je ne l'avais jamais rencontrée et elle ne fait pas partie de la bonne société. Vous êtes le seul Beaumont que je connaisse. J'ai pensé que c'était peut-être une cousine distante ou bien une parente de la campagne. Je souhaite simplement en savoir plus sur elle, au cas où l'affection de mon frère se développerait.

Morrey resta silencieux pendant quelques secondes.

— Je ne connais qu'une seule femme appelée Gillian Beaumont.

— Et c'est une parente ? demanda Letty avec espoir.

Elle appréciait Gillian, mais une lettre arrivée cet après-midi-là en provenance de Venetia Sharpe, une connaissance, avait fait naître des inquiétudes. Venetia avait sous-entendu que James et Gillian avaient été surpris à s'adonner à une étreinte amoureuse inappropriée dans un endroit particulièrement public.

— Non, pas une cousine. Elle est, je crois, l'enfant illégitime de feu mon père.

— Quoi ?

Ébahie par sa réponse franche, Letty ne put que regarder Morrey.

— Je suis désolé, Madame. J'aurais dû répondre avec plus de tact. Entendre son nom m'a choqué. Vous voyez – les yeux sérieux, il marqua un temps d'arrêt –, cela fait plusieurs années que je la recherche.

Les mains de Letty se serrèrent sur son réticule.

— Vous l'avez *recherchée* ?

Elle ne comprenait pas.

Morrey se redressa et s'avança vers la cheminée pour s'appuyer d'une main sur le manteau.

— Même si nous nous connaissons depuis quelques minutes seulement, je vais me confier à vous, Lady Letticia, parce que j'aimerais vous demander votre aide.

Il lui coula un regard et un sourire mélancolique dansa sur ses lèvres.

— Ma mère est morte quand j'étais jeune et ma sœur n'était qu'une enfant. La solitude de mon père était immense et il a cherché du réconfort auprès d'une maîtresse, une femme appelée Elizabeth Brookstone. Elle n'était pas titrée, mais plutôt la fille d'un gentleman qui traversait une période difficile. Sur son lit de mort, mon père a avoué cette aventure et l'existence de cette enfant : Gillian. Il m'a dit qu'il avait l'intention de leur laisser une propriété personnelle qui avait des locataires et leur aurait fourni un petit loyer, mais il avait été trop malade pour effectuer ces changements. J'ai essayé d'envoyer un homme chez nous à temps, mais il est arrivé une demi-heure après la mort de mon père. Alors que mon père était mourant, il m'a demandé de veiller sur elles. Mais dans la tristesse qui a suivi sa mort...

Morrey s'interrompit.

— Je lui ai fait défaut. Le temps que je sois prêt à les retrouver, ma demi-sœur et sa mère étaient parties et je n'avais aucune information pour remonter leur trace. On m'a informé que la maîtresse de mon père était morte et que ma sœur était devenue domestique, mais je n'ai pas pu la trouver. J'ai cru pendant toutes ces années qu'elle avait pris le nom de Brookstone comme sa mère, mais à présent, je sais qu'elle a dû prendre le nom de Beaumont. C'est probablement mon père qui a insisté à sa naissance. Sincèrement, je l'ignore.

— Elle est devenue servante ? demanda Letty.

— Oui. La suivante personnelle d'une dame.

Son frère était amoureux d'une servante ? Letty mit un moment à comprendre. Mais plus elle y pensait, plus cela faisait sens. Gillian s'était montrée nerveuse, circonspecte, hésitante, et au début, c'étaient Letty et James qui s'étaient imposés à elle.

Elle a essayé de nous éviter. Elle savait que ce n'était pas approprié, mais on l'a priée de nous accompagner à Gunter's puis à la librairie. Letty ne pouvait pas reprocher à Gillian ce mensonge, mais comment James et elle s'étaient-ils retrouvés à la fête privée de Rochester ? Gillian ne se faisait quand même pas encore passer pour une lady ?

— Vous dites que vous savez où elle se trouve à présent ?

Morrey quitta son poste devant la cheminée et s'approcha d'elle.

Elle dut se cambrer en arrière pour le regarder. *Seigneur, il est grand !*

— Je le crois, oui. Elle se trouve au domaine de campagne du marquis de Rochester.

— Mais savez-vous où elle se trouvera après ?

Letty secoua la tête.

Morrey soupira.

— Je connais Rochester, mais pas suffisamment pour me présenter chez lui sans invitation. Encore moins pendant une fête.

— Si mon frère est – Letty marqua un temps d'arrêt – attaché à elle d'une quelconque façon, je suis certaine qu'il saura comment la contacter. Je pourrais le lui demander de votre part.

Morrey lui prit les mains et elle se délecta de la chaleur de ce contact. Il y avait quelque chose chez cet homme qui l'enchantait. Ce n'était pas simplement la ligne élégante de sa mâchoire ou l'éclat argenté lumineux de ses yeux. Il y avait une note de chaleur dans son visage qui suggérait que si jamais il souriait, elle se perdrait complètement dans son expression.

— Je vous en prie, écrivez-moi dès que saurez quelque chose. J'ai hâte de la rencontrer, de remplir la promesse que j'ai faite à mon père.

Letty regarda leurs mains jointes avant qu'il ne lâche lentement.

— Cela ne vous dérange pas qu'elle soit née dans de telles circonstances ? Qu'elle ait passé plusieurs années à servir ?

La plupart des hommes ne voudraient rien avoir à faire avec elle, s'imaginant que cela déteindrait de façon négative sur leur famille. Letty espérait qu'il était homme de parole et souhaitait réellement aider Gillian.

— Je ne peux pas reprocher à cette fille d'être née, répondit Morrey en pinçant les lèvres. Mon père avait clairement des sentiments pour la mère comme pour l'enfant. Je suis assez humain pour comprendre la tentation et ses conséquences. Si cela avait été moi, j'aurais voulu que quelqu'un s'occupe de la femme que j'aime ainsi que des enfants, peu importent les circonstances de leur naissance.

Il afficha un petit sourire.

— Si j'ai une deuxième sœur, je souhaite la connaître.

La gorge de Letty se serra.

— C'est incroyablement noble de votre part.

— Noble ? répéta-t-il avec un petit rire. J'espère plutôt que cela me rend humain. Dieu sait que je ne suis pas aussi noble que j'aimerais l'être.

— Je vous écrirai dès que j'aurai des nouvelles, promit-elle.

Morrey la raccompagna à la porte de sa maison, mais lui prit la main avant qu'elle puisse partir.

— Votre frère est-il amoureux de ma demi-sœur ? demanda-t-il.

— Je le crois.

— Et elle l'aime ?

Letty haussa les épaules.

— Je ne saurais le dire. Elle a juré lors de notre première rencontre qu'elle n'avait aucune vue sur lui. Aussi est-il étrange qu'ils se retrouvent ensemble à la fête privée.

Morrey paraissait lire dans ses pensées.

— Vous n'approuvez pas cette union ?

— Ce n'est pas que je *désapprouve*, mais il ne la connaît pas, il ne sait rien sur son passé et ses circonstances. Une relation a besoin de la vérité pour survivre. Puis je crains que la situation n'écorne la réputation de James. Nous sommes issus d'une noble maison et donc capables de tolérer un certain scandale, mais je ne suis pas certaine que la société accepte qu'il épouse une suivante. D'ailleurs, ce qui m'interroge le plus est la motivation de Gillian à poursuivre cette mascarade, si c'est bien de cela qu'il s'agit. Quand j'en saurai plus, je pourrais me faire une meilleure opinion. Je n'aimerais pas la juger hâtivement, mais mon frère James est trop gentil. Je ne laisserai pas une suivante chasseuse de fortune profiter de sa gentillesse si elle n'a pas vraiment de sentiments pour lui.

— Je comprends.

Morrey étudia la rue derrière elle pendant un moment avant de la regarder à nouveau.

— J'espère que s'ils sont vraiment amoureux l'un de l'autre, tout va s'arranger.

— Moi aussi, Lord Morrey, moi aussi.

Letty n'avait pas envie de priver qui que ce soit d'amour, mais un scandale pouvait détruire bien plus que les réputations de James et de Gillian. Cela risquait également de détruire son propre futur.

***

TROIS JOURNÉES GLORIEUSES S'ÉTAIENT ÉCOULÉES DEPUIS LE début de la fête privée et Gillian n'avait jamais été aussi heureuse. Ignorant les murmures dans un coin de son esprit qui lui soufflaient que tout allait s'arrêter, elle se concentra sur le présent. James et elle étaient assis dans la bibliothèque. Ils lisaient côte à côte, la main droite de Gillian dans celle du lord. Le reste des invités s'étaient dispersés dans la maison et les jardins, passant leur temps libre comme ils l'entendaient. Gillian avait essayé de tenter James de retourner au lit, mais il s'était contenté de rire et lui avait dit que même le pire des vauriens ne s'adonnait pas à ce genre de choses avant la nuit tombée. Elle sentait qu'il la taquinait, mais elle ne savait pas comment le taquiner en retour. Elle aurait souhaité être aussi libre qu'il l'était, de voir le monde avec les mêmes espérances. Toutefois, la réalité de ses circonstances la rattraperait bien vite !

James se pencha et lui embrassa la joue, une douce pression qui la fit frémir. Elle se rapprocha de lui.

— Nous devrions peut-être faire usage de mon lit après tout.

Il poussa un petit rire, mais soudain, il se raidit, les yeux braqués sur la fenêtre derrière eux.

— Que se passe-t-il ?

Elle voulut se tourner, mais James se redressait déjà.

— Un cavalier vient d'arriver à la maison. Il porte la livrée de *ma* famille.

Elle le suivit alors qu'il se hâtait vers les portes de la bibliothèque et dévalait le couloir.

Pourquoi un cavalier viendrait-il ici depuis Pembroke ? Selon James, c'était à deux heures à cheval.

Gillian s'immobilisa quand James atteignit le hall d'entrée avant elle, pile au moment où le valet de pied des Rochester ouvrait la porte. Elle ne voyait qu'une seule raison pour laquelle un cavalier se présenterait. Une raison horrible. Gillian descendit rapidement le couloir pour atteindre James alors que le messager lui tendait une lettre. James ouvrit le sceau de cire et déroula le parchemin. Ses yeux parcoururent les lignes griffonnées à la hâte puis il vacilla soudain, se rattrapant au mur et s'y appuyant avec une main.

—James, que s'est-il passé ?

Elle tendit les mains vers lui et serra son autre bras

pour le soutenir. Il déglutit fort et cligna des paupières. Ses yeux étincelaient.

— Ma mère... Elle est mourante. Je dois partir immédiatement.

Gillian ressentit sa douleur comme si elle était la sienne.

— Mourante ?

— Elle a une pneumonie. Le Dr Wilkes dit qu'elle dépérit rapidement. Il ne lui reste guère de temps.

Il mit la lettre dans sa poche avec des mains tremblantes.

Il était impensable de chevaucher seul dans cette condition, mais il ne voulait pas rester ici non plus.

— Je vous accompagne. Je pourrais faire apprêter une calèche, suggéra-t-elle.

James secoua la tête.

— Pas le temps pour une calèche ! Je dois prendre un cheval. C'est bien plus rapide. Et vous ne devez pas partir. Ce ne serait pas correct pour...

— Que la correction aille au diable ! Pourquoi les choses doivent-elles toujours être aussi compliquées pour la noblesse ? C'est votre mère et vous l'aimez. Je vous aime, alors je dois vous accompagner.

Elle faillit se plaquer une main sur la bouche. Venait-elle de le dire à haute voix ? Après un instant de stupéfaction, il se tourna vers elle et la saisit par les épaules.

— Vous m'aimez ?

Inutile de le nier.

— Oui, mais l'heure n'est pas à de telles déclarations. Vous devez partir immédiatement.

La douleur dans le regard de James la déchira, mais elle n'eut aucune hésitation. Quand on aime quelqu'un, on affronte ses dragons en s'efforçant de les tuer.

— Faites amener deux chevaux, dit James à un valet en poste.

Le jeune homme s'exécuta. James et elle sortirent pour patienter, ce qu'heureusement, ils n'eurent pas à faire pendant très longtemps.

Deux grooms apparurent à l'extérieur avec un duo de chevaux. Gillian s'adressa rapidement à un valet dont elle connaissait le nom : Will.

— Rapportez à Audrey tout ce qui s'est passé et présentez nos excuses à Sa Seigneurie pour lui avoir pris ses chevaux. Nous nous assurerons de les lui restituer le plus rapidement possible.

— Comptez sur moi. Soyez prudents ! répondit Will en se précipitant à l'intérieur.

Gillian monta sur son cheval avec l'aide du groom, retroussant ses jupes très haut au-dessus de ses genoux. Au diable les convenances !

James enfourcha sa monture et regarda comment se débrouillait Gillian.

— Prête ?

Elle hocha la tête.

— Je resterai à votre hauteur, je vous le promets.

Ils chevauchèrent à une telle vitesse que Gillian avait

du mal à respirer. Le crépuscule s'infiltrait dans le ciel, leur dérobant peu à peu leur lumière. Gillian craignait que la nuit ne tombe avant qu'ils n'atteignent la maison de James, mais la chance leur sourit. Ils chevauchèrent sur une route de gravier qui menait à un beau château. Un clair de lune anticipé illumina leur route tandis que James et elle traversaient les jardins avant de s'arrêter devant les marches de pierre qui menaient à deux grandes portes en chêne. Gillian mit pied à terre. Les heures passées à chevaucher et la tension de la situation lui avaient courbatu les jambes et le dos. Un valet se précipita à leur rencontre.

— Où se trouve-t-elle ? demanda James.

— La chambre chinoise. Le Dr Wilkes et lady Letticia sont avec elle.

James le dépassa et entra dans le vestibule. Gillian le suivit. Elle n'eut qu'un moment pour apercevoir le monde magnifique qui était la maison de James, les tapisseries flamandes, les statues de marbre et les épais tapis orientaux. Quasiment au pas de course, il atteignit la porte qu'il ouvrit à la volée. Sur ses talons, Gillian se glaça en voyant sa mère étendue sur le lit. Le Dr Wilkes et Letty n'étaient pas loin. Ils les regardèrent avec surprise, James et elle.

— Vous êtes venu.

Letty prononça ses paroles dans un sanglot puis se jeta vers son frère pour l'étreindre.

La gorge de Gillian se serra et elle retourna discrète-

ment dans le couloir. S'il avait besoin d'elle, il l'appelle-
rait, mais elle ne s'imposerait pas pendant un moment
aussi personnel si on ne la priait pas de le faire. Elle atten-
drait aussi longtemps qu'il en aurait besoin, puis elle
serait là pour lui.

10

James s'agenouilla aux côtés de sa mère et s'accrocha à sa main. Elle respirait faiblement et ses yeux étaient vitreux, mais elle tourna la tête vers lui quand il entra dans la pièce.

— Mon garçon.

Les mots s'échappèrent de ses lèvres en un faible murmure.

— Je suis là, Mère, je suis là.

Il lui frôla la joue du revers de la main, sentant la fièvre sous ses doigts. Son corps et son âme se remplirent d'une profonde appréhension.

— Où est votre père ? demanda sa mère. J'ai envie de le voir.

Le cœur de James saigna. Sa mère ne se souvenait toujours pas, ne parvenait pas à dépasser cette période de sa vie alors que son père était toujours vivant.

— Il... Il est à la chasse, Mère. Je suis certain qu'il reviendra bientôt.

Pour la centième fois, il aurait souhaité que son père soit vraiment à la chasse, qu'il ne soit jamais mort.

Un autre sanglot échappa à Letty quand elle se mit à genoux de l'autre côté de sa mère et enfonça le visage dans le matelas.

— Letty, murmura leur mère en passant la main sur les cheveux sombres de sa fille. Je crois que votre père est en retard...

Lady Pembroke avait l'air amusée malgré sa fatigue.

— Il s'est probablement arrêté pour se reposer au pavillon de chasse...

Ses yeux s'illuminèrent soudain et James se raccrocha plus fort à sa main.

— Je vais aller le retrouver. Parfois, il aime que je vienne le retrouver...

Elle sourit faiblement, les yeux braqués sur quelque chose qu'il ne verrait jamais. Puis l'étincelle s'évapora, ses paupières se refermèrent et elle s'éteignit paisiblement.

Contemplant sa mère, James sentit son cœur se briser en mille morceaux. Elle avait simplement l'air de dormir.

Letty se mit à pleurer. Dr Wilkes s'approcha du lit et souleva le poignet de lady Pembroke. Quelques secondes plus tard, il le reposa délicatement et poussa un profond soupir.

— Milord, je suis vraiment désolé.

Le Dr Wilkes vint rejoindre James et plaça une main

délicate sur son épaule. Le jeune homme parvenait à peine à contenir sa douleur. Il aurait voulu crier, se mettre en rage, oblitérer le silence autour de lui. Observant avec attention le visage de sa mère, il se redressa et attira Letty vers lui. Il étreignit fort sa sœur, souhaitant pouvoir absorber sa douleur en lui.

— Tout va bien, dit-il en lui embrassant le sommet du crâne.

Mais tout n'allait pas bien. Ils avaient perdu leur mère bien trop tôt, comme leur père avant elle. Et il n'avait pas été présent pour veiller sur sa mère ! Il s'était trouvé à une fête privée ridicule.

Quand Letty s'apaisa enfin dans ses bras, elle se recula pour lever la tête vers lui. Ses yeux étaient rouges et des traînées de larmes brillaient sur son visage.

—James, je...

Elle se mordit la lèvre et se contint.

— Vous devriez aller dans vos appartements pour vous reposer. Je vais m'occuper de Mère maintenant, promit-il.

Elle hocha la tête et quitta la pièce sans cesser de trembler. Il se tourna vers le Dr Wilkes. Pour le moment, son esprit et son cœur étaient agréablement engourdis. Il devrait bientôt affronter sa douleur, mais il avait besoin de garder le contrôle pendant un moment de plus.

Gillian se tendit quand Letty émergea de la chambre. Leurs regards s'entrecroisèrent.

— Est-elle… ?

— Oui.

Letty reniflait et des larmes brillaient sur ses joues.

— Mon frère a promis qu'il prendrait soin d'elle.

— Et il le fera. Il vous aime tous les deux tellement !

Gillian voulait lui dire quelque chose, quoi que ce soit, pour l'aider, mais elle sut en voyant le visage de Letty que ce n'était pas adapté.

Letty essuya ses larmes.

— Ma mère vient de mourir. Ne pensez-vous pas que vous devez à mon frère la vérité concernant votre véritable identité ? Si c'est un jeu auquel vous jouez pour obtenir un titre et de l'argent, je ne vous laisserai pas faire du mal à James. Pas après la perte de notre mère.

— La vérité ? répéta Gillian dont le cœur battait la chamade.

Letty savait… Elle avait découvert qui elle était vraiment. L'appréhension lui serra le ventre.

— Oui. La *vérité*. Si vous ne lui dites pas qui vous êtes, c'est moi qui le ferai. Alors, vous pourrez lui expliquer vos véritables intentions et la raison de votre mensonge.

Letty prit alors la fuite, mais sa menace pesait encore dans l'air.

Gillian plaqua le dos au mur près de la porte. Comment l'avait-elle découvert ?

Un quart d'heure plus tard, la porte s'ouvrit et James

sortit dans le couloir. Il se tourna vers elle et ses yeux – ces séduisants yeux bruns qui remplissaient son cœur d'amour – ne contenaient plus que du vide.

— Gillian...

Il tendit les bras et elle se précipita vers lui pour le serrer fort contre elle.

Prenez mon amour, prenez ma force, pria-t-elle.

Le corps de James tremblait contre le sien, comme une maison en pierre de roche aurait vibré après le tonnerre d'une tempête lointaine.

— Je suis désolé, murmura-t-il d'une voix brisée. Je suis... désolé... Je ne peux pas...

— Ne vous excusez pas. Je suis là.

Elle déposa un baiser sur son cou et le serra contre elle.

Un long moment plus tard, James essuya ses larmes. Il soupira avec un sourire triste.

— Je ne sais pas comment vous remercier de m'avoir accompagné aujourd'hui.

Il lui tendit une main et elle plaça sa paume dans la sienne.

— Pas besoin de me remercier. J'avais envie d'être là pour vous.

Il prit une inspiration tremblante.

— C'est vraiment étrange, mais je suis terriblement soulagé qu'elle soit partie. Je l'aimais beaucoup, de tout mon cœur, mais...

Il peinait à trouver ses mots et elle n'insista pas.

— Alors qu'elle commençait à s'égarer, petit à petit, jour après jour, alors qu'elle disparaissait, j'avais déjà commencé à lui dire au revoir. C'était comme si je m'étais préparé à ce jour il y a des années.

Il caressa avec le pouce le dos de la main de Gillian.

— Cela vous paraît-il fou ?

— Non, répondit la jeune femme. La chose la plus difficile à laquelle on est confrontés en tant qu'enfants est la perte d'un parent. Ce n'est pas facile de les perdre sans dire au revoir et pourtant, c'est encore plus difficile de savoir que la fin arrive et de sentir qu'ils vous échappent alors que vous-mêmes êtes encore en vie. J'aurais aimé pouvoir en faire davantage pour vous réconforter.

Elle se colla à nouveau à lui et l'étreignit férocement alors qu'il lui rendait son étreinte. Elle n'oublierait jamais ce simple moment, alors que James et elle se dressaient ensemble contre un monde qui semblait déterminé à briser leurs cœurs à chaque étape.

C'est pour cela que je l'aime, cet homme fort et courageux qui m'a ouvert son cœur. Comment ne pas l'aimer ?

Il embrassa le sommet de son crâne puis ils s'écartèrent lentement. L'air timide, James s'éclaircit la voix.

— Je crois que nous aurions besoin d'un peu de thé et je dois rédiger une lettre à lord Rochester afin d'expliquer notre départ précipité.

Elle voyait bien qu'il essayait de garder le contrôle. Il voulait dissimuler sa douleur et se comporter normalement malgré son cœur brisé. Elle ne le forcerait pas à affronter sa douleur ; il le ferait en temps voulu.

— Ne vous inquiétez pas pour lord Rochester. J'ai parlé à un valet avant notre départ. Pourquoi n'irions-nous pas trouver un endroit tranquille pour discuter ? suggéra-t-elle.

— Euh, oui.

Il l'entraîna vers un ravissant salon bleu et jaune où ils restèrent assis en silence près du feu pendant un long moment. Gillian prit le temps de mémoriser la façon dont la lumière illuminait les cheveux sombres de James, révélant des teintes chaleureuses cachées. Il garda les mains posées sur ses genoux alors qu'il regardait les flammes sans les voir.

— James, je sais que le moment est très mal venu pour moi d'évoquer un tel sujet, mais...

Elle s'éclaircit la gorge.

— Il est temps que vous connaissiez la vérité sur moi. J'ai envie que vous l'appreniez de ma bouche et pas d'une autre.

La dernière chose qu'elle aurait voulue était d'ajouter à sa douleur, mais si elle ne lui disait rien, Letty s'en chargerait.

— Gillian, vous n'avez pas besoin de...

Elle leva une main.

— Je vous dois la vérité, James. Depuis notre rencontre dans la boutique de vêtements de Madame Ella, j'aurais dû être honnête avec vous.

Il la regardait à présent avec inquiétude, comme s'il sentait que sa confession signerait le mot de la fin.

— Je ne suis pas celle que vous croyez. J'aurais vraiment voulu l'être, mais je ne le suis pas.

Il inclina la tête.

— Que voulez-vous dire ? Parlez plus clairement.

— Je... je ne suis pas une lady. Je suis...

Elle dut inspirer profondément pour se raffermir. Elle ne pouvait pas simplement lui dire qu'elle était la suivante d'une lady. Cela ne ferait qu'empirer les choses. Elle choisit plutôt de s'expliquer d'une façon moins directe.

— Mon père était lord Morrey.

Il ouvrit de grands yeux.

— Votre... mais... Morrey a eu un fils et une fille : lord Adam Beaumont et sa sœur, lady Caroline.

— Je suis également la fille de feu lord Morrey. Il a pris maîtresse après le décès de son épouse.

Elle attendit, se demandant si elle aurait besoin de le dire ou s'il allait le faire.

— Vous êtes illégitime ?

Elle se mordilla la lèvre, consciente qu'elle devait continuer.

— Après la mort de mon père, j'ai dû nous faire vivre, ma mère et moi, mais elle est morte peu de temps après mon père et je suis devenue domestique.

James s'éclaircit la gorge.

— Par *domestique*, vous voulez dire que... ?

— J'étais et je suis toujours une suivante. Celle d'Audrey Sheridan.

Les yeux de James étaient sombres et insondables, et il ne dit rien. Le silence grandit entre eux.

Gillian s'éclaircit la gorge avant de poursuivre.

— Je n'ai jamais eu l'intention de vous mentir. Le jour où nous nous sommes rencontrés chez la modiste, j'avais été chargée d'essayer la dernière commande de miss Sheridan. Nous faisons à peu près la même taille. Puis vous...

Elle fut incapable de poursuivre, mais les yeux de James lui révélaient qu'il comprenait que ce mensonge avait commencé tout à fait innocemment.

— J'ai essayé de rester loin de vous, mais vous m'avez ramenée à vous comme la mer revient au rivage.

Après leur rencontre, ils n'avaient plus pu s'arrêter. Avant cela, elle n'avait pas réalisé que l'attirance entre eux serait *toujours* là – du moins pour elle –, et elle savait avec une certitude mélancolique qu'elle ressentirait un tiraillement au cœur chaque jour qu'elle passerait sans lui.

— Une suivante.

Il est furieux. C'est sûr. Je l'ai trompé. Comment ne me mépriserait-il pas ?

Elle pointa légèrement le menton, faisant tout son possible pour se retenir de pleurer.

— Oui. Souhaitez-vous que je m'en aille ?

— Vous en aller ?

Il cligna des paupières comme s'il se réveillait d'une transe.

— Gillian, je vous aime. La dernière chose que je voudrais est que vous partiez, mais...

Mais...

Ce simple mot brûlait comme un feu terrible dans son cœur.

— Mais, poursuivit-il d'une voix encore enrouée par l'émotion, ma mère vient de mourir et même si je suis disposé à vous épouser dès demain, je dois m'occuper des obsèques et nous devons repousser la chose jusqu'à une date convenable. Le deuil doit être observé. Les gens vont déjà suffisamment commérer... Ce sera mieux si on attend.

Cette fois, c'est Gillian qui cligna des paupières.

— Vous voulez m'épouser ?

— Bien entendu.

Il se retourna, se dirigea vers la cheminée et revint à elle.

— Mais vous ne pouvez pas, je ne suis même pas fille de gentleman.

James devait forcément parler par chagrin, alors qu'il cherchait désespérément à se raccrocher à quelque chose ou quelqu'un. Il n'avait pas envie de l'épouser. Il ne pouvait pas. C'était de la folie. C'était inacceptable.

— Vous êtes la fille d'un comte.

— Je suis la fille *bâtarde* d'un comte, contra-t-elle.

Avec un petit sourire, il se pencha pour prendre son visage dans ses mains.

— Ma chérie. Mon amour. Peu m'importe qui vous *pensiez* que vous étiez. La seule qui compte est celle que je *sais* que vous êtes.

Elle trembla à son contact alors qu'il caressait ses lèvres avec son pouce tout en scrutant son visage.

— Qui donc ?

— La femme qui possède mon cœur. Je n'ai jamais ressenti ceci pour qui que ce soit d'autre. Seulement pour vous. Je me battrai contre le monde entier si j'y suis contraint. J'ai affronté des clubs clandestins et des chats de l'enfer pour être avec vous. Croyez-vous honnêtement que je laisserais la *société* se dresser en travers de ma route ?

— Mais je ne veux pas être celle qui détruira votre réputation. Vous n'avez pas les idées claires.

Elle referma les doigts autour de ses poignets, s'accrochant à lui alors qu'elle aurait dû le lâcher.

Il baissa la tête vers celle de Gillian, frôlant ses lèvres avec un baiser qui fit chanter des notes de musique à travers l'âme de la jeune femme. Elle craignait pourtant trop d'accepter cette joie à bras ouverts. Sa vie n'avait jamais été censée être joyeuse. Pas ainsi.

— Je dois vous renvoyer à la demeure de Rochester.

Elle s'y était attendue : il avait décidé de lui demander de partir.

— Bien entendu. Je comprends, murmura-t-elle en

baissant les yeux tout en luttant contre les larmes. C'est votre devoir.

— Gillian, gronda-t-il. Regardez-moi.

Elle s'exécuta.

— Je dois vous renvoyer chez votre maîtresse pour vous donner le temps de préparer un trousseau digne de ce nom. Vous devez l'informer que vous démissionnez de votre poste. Je devine qu'elle ne sera pas en colère si je vous dérobe à elle ?

Gillian n'arrivait toujours pas à en croire ses oreilles : il la désirait, même alors qu'il connaissait la vérité.

— Elle sera contrariée de me perdre, mais heureuse aussi. Elle sait ce que je ressens pour vous.

James la fit se redresser et la prit dans ses bras.

— Probablement. C'est elle qui m'a invitée à cette fête, après tout.

— Quoi ? hoqueta Gillian. Elle m'avait dit le contraire.

En vérité, elle ne l'avait pas fait, mais elle avait semblé sincèrement surprise que James assiste à la fête privée de Rochester.

— Je suis passé à la maison des Sheridan la semaine dernière, avant la fête, le lendemain de l'incident au club clandestin.

— Je m'en souviens, confessa Gillian. Je me dissimulais dans l'entrée des domestiques quand je vous ai vu entrer.

Il fit danser ses mains le long du dos de la jeune femme.

— Si proches et pourtant, je n'avais aucune idée que vous vous trouviez là.

— Pourquoi êtes-vous passé ce jour-là ? demanda-t-elle.

— Pour vous voir. Miss Sheridan était le seul lien que j'avais avec vous. Je l'ai priée de me dire où vous étiez, *qui* vous étiez. Elle n'a pas trahi votre identité, mais elle a dit que je pouvais venir à la fête et vous conquérir.

Gillian secoua la tête avec incrédulité. Jusque-là, elle avait cru que l'ambition d'Audrey de devenir espionne était une folie, mais à présent, elle commençait à croire qu'elle était peut-être assez intelligente pour duper le roi de France en personne.

— En effet.

James passa les doigts dans ses cheveux et l'embrassa, un torrent de passion se déversant de ses lèvres. Quand leurs bouches se séparèrent enfin, il pressa le front contre celui de Gillian. La tristesse s'empara à nouveau de son regard et il l'étreignit férocement comme si elle était la seule à pouvoir le réconforter.

— Vous m'attendrez ? Je vais avoir besoin de me concentrer sur l'organisation des obsèques.

— Si vous me désirez vraiment, je vous attendrai aussi longtemps que vous en aurez besoin, jura-t-elle.

Si James était prêt à affronter la condamnation de la société pour elle, elle ferait son possible pour le mériter, même si elle devait attendre éternellement.

11

Deux semaines s'étaient écoulées depuis que la mère de James était morte, pourtant, il sentait toujours sa présence dans la maison après que Letty et lui furent retournés à Londres. Elle lui manquait à chaque seconde. Pourtant, une partie de lui était soulagée qu'elle ne souffre plus. Cela faisait des années qu'elle n'était plus elle-même et s'il n'aurait pas pu la guérir, il aurait au moins voulu pouvoir mettre un terme à sa douleur. Malgré sa douleur continue, il savait qu'à présent, elle était avec son père et qu'ensemble, ils pourraient être heureux.

Son chapeau à la main, James s'attardait dans le hall d'entrée, se préparant au jour qui changerait sa vie pour toujours. Il avait décidé de faire Gillian sienne. Publiquement, comme elle le méritait. Il savait qu'elle avait promis d'attendre et ils s'étaient écrit tous les jours afin de confirmer leur engagement. Il n'en avait pas moins le ventre serré.

—James...

La voix de sa sœur le fit se retourner. Letty descendit les escaliers. Elle était jolie avec son châle et une simple robe lilas adaptée au deuil. Généralement, c'était l'heure à laquelle elle passait voir des connaissances, mais puisque leur mère était morte, elle resterait à la maison pour les mois à venir.

—Ah, Letty, je suis content de vous voir. J'ai besoin de vous parler.

Il n'avait pas officiellement annoncé à sa sœur qu'il avait l'intention d'épouser Gillian. Une partie de lui craignait qu'elle ne soit en colère contre lui à propos de leur mariage. Depuis qu'elle avait découvert le passé de Gillian, son attitude avait semblé étrangement tendue à chaque fois qu'il mentionnait le nom de la jeune femme dans la conversation.

—Et j'ai besoin de dire plusieurs choses aussi.

Sa sœur le rejoignit au bas des escaliers. La douleur et l'inquiétude étaient si évidentes dans ses yeux qu'il en eut le souffle coupé. Cela ne présageait rien de bon.

—Letty, que...

—Je vous en prie, laissez-moi parler en premier, l'implora-t-elle.

James hocha la tête. Son corps était à présent crispé d'anxiété.

—J'ai forcé Gillian à vous révéler la vérité sur ses

circonstances. Vous voyez, j'ai rendu visite à son demi-frère, lord Morrey, et apparemment, il la recherchait depuis la mort de leur père. Il voulait la connaître, la soutenir. Il n'a absolument pas honte de leur lien de parenté.

Elle soupira et afficha un léger sourire.

— Pour être honnête, il est merveilleux, mais j'étais contrariée et je crains d'avoir tout gâché. Quand Maman est morte, j'ai eu terriblement mal... puis j'ai vu Gillian et...

Sa sœur s'interrompit, renifla et poursuivit.

— Je craignais le pire sur ses intentions. Je lui ai dit qu'elle devait vous avouer la situation sans quoi je le ferais.

James resta sans voix, mais il n'était pas en colère. Il comprenait la douleur de Letty et son besoin d'exprimer son mécontentement. Il aurait pu réagir ainsi, mais ne l'avait pas fait. Gillian avait été là pour lui. Elle avait fait quelque chose qu'il n'aurait jamais cru possible : elle avait participé à sa tristesse et l'avait portée sur ses propres épaules. Sa force et son soutien avaient rendu cette perte plus tolérable. Sur le moment, il s'était senti coupable d'avoir partagé ce fardeau, puis il avait réalisé quelque chose qui remplissait son cœur d'espoir. Quand vous rencontrez la personne qui est destinée à devenir votre partenaire de vie, vous ne pouvez pas leur imposer de la douleur ; ils l'ont endossée volontairement et l'ont partagée. Il n'aurait jamais caché son cœur à Gillian, parce qu'il lui appartenait. Elle le verrait encore quand il serait au plus bas, blessé à mort, et elle serait là pour l'aider, pas par contrainte, mais par envie.

Et je ferais la même chose pour elle. Chaque douleur, chaque joie, tout. Nous les partagerons.

— Letty, je vous en prie, ne soyez pas contrariée. Je ne suis pas en colère contre vous, dit-il.

Il lui prit le menton et lui leva le visage, détestant les larmes qui noyaient ses cils.

— Vous ne l'êtes pas ?

— Non, mais maintenant, j'ai besoin de vous confier quelque chose et vous devez me dire la vérité. J'ai l'intention d'épouser Gillian. Cela vous blessera-t-il davantage ?

Letty secoua la tête.

— Je l'ai toujours appréciée, vous le savez. Je voulais seulement vous protéger. Tant de femmes désirent un titre ! Je craignais que quelqu'un ne profite de votre générosité naturelle.

James poussa un petit rire.

— Vous avez toujours été généreuse en matière de cœur, chose pour laquelle je vous admire. Mais soyez assurée que tant que j'ai Gillian à mes côtés, tout ira bien.

— Alors je suis heureuse.

Le sourire de Letty était aussi lumineux que le soleil. Celui qui l'épouserait un jour chérirait ce genre de sourires.

— Je vais la voir. Voulez-vous m'accompagner ?

— Non, mais transmettez-lui mes amitiés quand vous

la verrez. Ce sera un vrai bonheur de l'avoir ici une fois que vous serez mariés.

— Vous le pensez vraiment ?

James mit son chapeau et enfila ses gants d'équitation.

— Bien entendu, l'assura Letty. À présent, partez ! Je sais que vous avez hâte de la voir.

Letty le poussa vers la porte. Il ne put s'empêcher de sourire. Effectivement, il avait hâte que le reste de sa vie fantastique avec Gillian commence.

Audrey se précipita dans le salon.

— Il est là !

Gillian se rassit et reposa le cercle à broder sur lequel elle avait fait semblant de se concentrer. En vérité, elle avait enfoncé son aiguille au même endroit encore et encore depuis qu'un messager l'avait informée que James allait venir lui demander sa main officiellement. Elle parvenait à peine à croire que deux semaines s'étaient écoulées, pourtant, en l'absence de James, les journées avaient paru tour à tour s'étirer à l'infini et s'écouler trop rapidement.

Assis près du feu, Cédric, le frère aîné d'Audrey, repliait son journal. Il se tourna vers Gillian.

— Êtes-vous certaine de vouloir l'épouser ? Je l'apprécie au plus haut point, bien entendu, mais dites-moi simplement une parole et je le ferai fuir.

Cédric adressa à la jeune femme un sourire qui fit trembler son cœur de joie. Il avait immédiatement pris le contrôle de la situation quand Gillian avait été forcée d'expliquer sa démission. Il était passé d'employeur à frère de remplacement en une fraction de seconde. Les Sheridan l'avaient toujours traitée comme une parente et à présent, elle avait plus que jamais l'impression d'appartenir à leur famille.

— Certainement pas ! dit Audrey en donnant une claque sur le bras de son frère.

— Milord, dit Sean Hartley qui apparut dans l'encadrement de la porte. Un lord Pembroke et un lord Morrey se sont présentés pour vous voir tous les deux... ainsi que Miss Beaumont, bien entendu.

La gorge de Gillian se serra et elle dut lutter pour rester calme.

— Avez-vous dit *lord Morrey* ?

Audrey pâlit et lui lança un regard.

— Vous m'aviez dit qu'il n'était pas au courant pour vous.

— Il ne l'était pas, dit Gillian.

Qu'est-ce que tout cela signifiait ?

— Souhaitez-vous toujours que je le laisse entrer ? demanda Sean.

Cédric étudia la jeune femme.

— C'est à vous de voir, ma chère.

— Je... Oui, faites-le entrer.

Elle devrait affronter la situation et prier pour que lord Morrey ne soit pas ici pour réduire à néant ses chances de bonheur.

Elle avait fait de son mieux pour rester invisible, pour éviter d'attirer la moindre attention sur la famille de lord Morrey. Une fois mariée, même son nom changerait. Qu'aurait-elle pu faire de plus ?

Le cœur battant, Gillian resta debout. Elle entendit des voix résonner dans le couloir puis Sean ouvrit la porte et James entra le premier. Son sourire rassurant apaisa son inquiétude, mais seulement pour un moment. Le second gentleman, lord Morrey, était grand, brun et doté de ces mêmes yeux gris argent qui étaient rares à Londres. *Nous avons les mêmes yeux, comme notre père.* Il était beau, élégant et le genre d'homme qui aurait fait se pâmer sa maîtresse si elle n'avait pas déjà été conquise par Jonathan Saint-Laurent.

— Lord Pembroke, Lord Morrey, les salua Cédric.

— Lord Sheridan, répondirent-ils tous deux poliment.

— Gillian, souhaitez-vous que je reste ou bien dois-je me retirer dans mon étude ? Quand lord Pembroke et lord Morrey seront prêts, ils pourront discuter de la dot avec moi.

— La dot ?

Gillian était confuse.

— Je n'ai pas de dot.

— Balivernes, dit Cédric. Je vous en fournirai une.

— En fait...

L'air impénétrable, lord Morrey s'éclaircit la voix.

— Je crois que ce devoir me revient, en tant que parent le plus proche.

Cédric croisa les bras.

— Alors, vous êtes ici pour reconnaître que votre lien de parenté ?

— Effectivement, dit Morrey à Cédric en plissant le front. Dans la mesure du possible... J'espère que personne ne pense que j'ai l'intention de désavouer cette jeune femme.

— Eh bien, commença Cédric, nous sommes en droit de se poser des questions. Cela fait des années qu'elle est domestique. Où étiez-vous quand elle avait besoin d'aide ?

— Milord !

Voyant Cédric la défendre, Gillian rougit jusqu'à la racine des cheveux. Ce n'était pas nécessaire !

— Vous vous méprenez. J'étais à sa recherche, dit Morrey à Cédric avant de s'adresser à Gillian. Cela fait déjà un bon moment. Mon père, *notre* père, souhaitait que je prenne soin de vous et de votre mère. Je suis désolé de vous avoir fait défaut après sa mort, mais à présent, j'aimerais rattraper le temps perdu et faire tout mon possible pour vous aider.

Il lui adressa un sourire triste.

— Manifestement, j'arrive trop tard. Lord Pembroke m'a informé de votre mariage à venir. Alors, le moins que je puisse faire est vous octroyer une dot et nous proposer, ma sœur et moi-même, en tant que parents.

— Mais...

Le monde tourbillonna soudain autour de Gillian et elle s'agrippa au dossier de la chaise la plus proche pour pouvoir rester debout. James la rejoignit en un instant et il la rattrapa par la taille.

— Merci.

— De rien, répondit-il dans un murmure.

— Lord Morrey, si vous admettez un lien de parenté avec moi, cela causera un scandale.

Le sourire de Morrey fit pétiller ses yeux trop sérieux d'une lueur juvénile.

— Ah, j'y ai songé, voyez-vous. James a mentionné votre crainte du scandale et je crois que nous sommes parvenus à une solution élégante. N'est-ce pas, Pembroke ?

— Je le crois.

James coula un regard à Audrey.

— Ambrose Worthing, un ami à moi, a été capable autrefois de s'assurer le soutien de Madame Société. J'espère pouvoir faire la même chose.

Gillian vit qu'Audrey se raidit soudain.

— Madame Société ? ricana Cédric. Vous feriez mieux de passer un pacte avec le diable. Vous allez avoir des problèmes jusqu'au cou avec cette femme, qui qu'elle soit.

— Je ne crois pas, dit James. Madame Société est très intelligente et elle a toujours défendu les affaires de cœur,

particulièrement celles qui vont à l'encontre des conventions. Elle rappelle à ses lecteurs qu'on doit tempérer nos
traditions par la compassion.

— Elle est également douée pour déterrer les secrets
les plus gênants et les mettre en lumière afin que tout le
monde les voie, contra Cédric. Je vous le répète : vous
jouez avec le feu si vous espérez obtenir son aide.

— Si elle peut m'aider à convaincre la société d'ap-
plaudir au lieu de condamner mon mariage avec Gillian,
je suis prêt à lui donner n'importe quoi. Je pense qu'elle
penserait aussi que c'est une cause qui mérite d'être
soutenue.

Gillian se détendit quand elle se rendit compte que
James n'allait pas révéler l'identité secrète d'Audrey
devant son frère.

— Quelle est votre solution ? insista Cédric.

Morrey souriait toujours.

— Nous contacterons Madame Société par la *Gazette
de la Lorgnette* pour l'informer de notre situation et lui
demander son aide. Nous espérons que Madame Société
écrira un article sur la nouvelle lady enchanteresse de
Londres, Miss Gillian Beaumont, qu'on dit être une
cousine de la campagne, une ancienne relation avec qui
ma sœur et moi avons hâte de renouer. Bien entendu, si
elle croit posséder des moyens plus efficaces de toucher le
public, nous nous en remettrons à son expertise.

— Votre sœur n'y voit pas d'objection ? demanda
Gillian en retenant son souffle.

— Bien sûr que non. J'espère que vous nous accepterez aussi... ma sœur, dit Morrey avec une tendresse qui la choqua.

Pendant un moment, Gillian fut incapable de respirer. L'explosion de joie qu'elle ressentit en elle la força à se calmer de peur d'éclater en sanglots. Elle s'était attendue à ce que Morrey la paye pour cacher son existence, la discrédite ou du moins l'ignore. Mais l'accueillir aussi ouvertement ? C'était au-delà de tout ce qu'elle avait pu imaginer.

— Merci, Milord, dit-elle, le regard embrumé.

Morrey l'observait toujours de près et sa réponse décupla son sourire.

— Vous verrez, nous serons un frère et une sœur dignes de ce nom. Père nous a enseigné que la famille compte et vous faites partie de la nôtre.

Cédric rayonna.

— Bien dit ! Content d'apprendre que vous avez tout compris, Morrey.

Ce dernier s'approcha de Gillian et lui tendit une main.

— Je sais que vous n'avez pas besoin de ma bénédiction pour épouser Pembroke, mais je vous l'accorde... ainsi qu'une dot digne de ce nom.

— Je n'en ai vraiment pas besoin, dit James. Le cœur de Gillian est tout ce dont j'ai véritablement besoin.

— Je vous en prie. Laissez-moi vous la fournir afin que vous puissiez couvrir votre femme de cadeaux. Après toutes ces années de service, je crois qu'elle mérite ce qu'il y a de mieux, insista Morrey.

La couvrir de cadeaux ? Cette pensée était si étrangère à Gillian qu'elle en était risible.

— Qu'en pensez-vous, mon amour ? demanda James. Les plus belles robes, les chaussons les plus délicats, une pièce entière juste pour vos bonnets ?

— Oui ! Bien sûr qu'elle en a envie ! s'exclama Audrey. Gillian, vous allez avoir une pièce entière juste pour vos propres bonnets !

Les yeux de son amie brillaient d'espièglerie et de joie profonde à la pensée que tous ces couvre-chefs ridicules se retrouvent empilés dans une seule pièce.

Gillian soupira et poussa un petit rire.

— Nous devrions peut-être agrandir la bibliothèque afin d'y inclure plus de romans à la place ?

James lui sourit.

— D'accord pour les romans, mais j'insiste au moins pour les robes et les chaussons.

— Parce que je suis très commune ? demanda Gillian en se mordant la lèvre.

James la regarda avec étonnement.

— Loin de là ! Vous êtes la femme la plus ravissante que j'ai jamais rencontrée et j'aimerais vous offrir ce qu'il y a de meilleur afin de rendre toutes les femmes jalouses.

—Oh.

Elle savait qu'elle mettrait du temps à s'habituer à l'idée que qui que ce soit puisse la jalouser.

— Alors il ne reste plus qu'à fixer une date ? demanda James. Noël vous conviendrait-il ?

— Est-ce trop tôt après le décès de votre mère ?

James secoua la tête.

— Officiellement, oui, ce qui veut dire que les langues vont se délier, j'en suis certain. Cela étant, je suis célibataire, bon parti – du moins, c'est ce qu'on me dit –, aussi ne devrait-on pas être surpris que quelqu'un m'ait mis le grappin dessus. Pourquoi attendre ? Je vous avais dit que le scandale m'importait peu.

L'humour pétilla dans ses yeux et il passa un bras autour de la taille de Gillian.

— Alors la Noël conviendra parfaitement.

Elle leva son visage vers celui de James, se délectant de la luminosité de son sourire.

Son fiancé lui déroba un baiser rapide, poussant Cédric et Morrey à se racler bruyamment la gorge, par souci de pudeur plutôt que par véritable critique.

— Je viendrai prendre le thé en passant sur Rotten Row...

Il déposa un long baiser sur la main de Gillian.

— Vous allez être courtisée dans les règles de l'art, comme je l'ai promis.

Soudain, le cœur de Gillian était rempli d'amour, une joie si totale qu'elle parvenait à peine à la supporter. En quelques semaines, elle était passée du statut de domestique orpheline à celle de dame dotée de deux frères protecteurs.

— Vous voyez ? Quand on s'est rencontrées il y a toutes ces années, j'avais promis que de belles choses vous arriveraient, dit Audrey avec une lueur dans ses yeux. De très bonnes choses.

Gillian sourit à son amie et souffla le mot qui n'aurait jamais pu exprimer la profondeur de sa gratitude. *Merci.*

— C'est à cela que servent les sœurs, dit Audrey.

Elle haussa les épaules comme si lui donner une telle joie était une bagatelle et pas le plus grand cadeau qu'on pouvait recevoir. Madame Société effectuait des miracles. Elle avait donné à Gillian un amour incomparable, un homme qui avait vraiment des sentiments pour elle, quelqu'un qui voulait qu'elle devienne sa partenaire de vie.

James la regardait toujours avec une lueur d'espoir dans les yeux, mais il y avait autre chose. Pas simplement de l'espoir, mais la promesse de l'amour et d'une vie passée ensemble. Après tout, il était son comte fantastique et dévoyé, et il ferait de tous ses rêves une réalité.

ÉPILOGUE

Un *n mois plus tard*

Gillian se tenait dans le salon de la maison de James. Sa robe de mariée bruissait sur les tapis quand elle fit le tour de la longue table. Les invités arriveraient bientôt de l'église pour assister au petit-déjeuner, mais elle pourrait profiter de quelques précieux instants de solitude afin d'admirer les créations de la cuisinière. La table était couverte de gâteaux et d'autres délices, et l'abondance de fleurs d'orangers remplissaient l'air de leur fragrance, donnant encore plus à la pièce l'apparence d'un jardin. Pendant très longtemps, elle avait été de l'autre côté de ce genre de vie, cette personne qui devait demeurer invisible et discrète, à besogner depuis avant l'aube jusqu'à tard dans la nuit afin de rendre la vie d'une autre personne plus confortable. À présent, c'était elle qui avait tout ce qu'elle désirait. C'était une pensée déroutante plus que réconfortante et elle savait qu'elle mettrait du temps à s'habituer à être une lady et non une suivante.

— Gillian ?

L'intéressée se tourna et vit sa nouvelle belle-sœur qui se tenait dans l'encadrement de la porte.

— Oui ?

Elle étudia Letty qui se rapprochait. Ses yeux bruns étaient solennels et pleins de remords.

— Dans le tourbillon de ce mariage précipité, je n'ai pas eu l'occasion de vous présenter mes excuses.

Letty tendit le bras pour toucher les mains de Gillian.

— Je n'aurais jamais dû vous pousser à parler à James de votre passé, pas ce jour-là. C'était mal de ma part et je suis désolée de vous avoir accusée d'essayer de lui mentir pour des raisons égoïstes.

La voix de Letty se brisa légèrement.

— Letty, il n'y a rien à pardonner. Vous le protégiez. Je ne me serais pas attendue à moins de la part d'une sœur dévouée.

Elle serra les mains de l'autre femme dans les siennes.

— Mais je méprise les raisons qui m'ont poussée à agir. C'était plus égoïste que je voulais bien vous le faire croire. J'avais également peur du scandale. Mais si vous m'avez enseigné une chose, c'est que le scandale ne compte pas, pas en matière d'amour. Je vous ai appréciée dès notre première rencontre et je n'aurais pas dû essayer de m'immiscer entre James et vous. Vous le rendez heureux, fantastiquement heureux, et il mérite le bonheur, plus que quiconque. Vous êtes la femme idéale pour lui, peu importe d'où vous venez ou ce que vous étiez autrefois. Ce qui est compte est celle que vous êtes : la femme qu'il aime, celle qui le rend heureux.

C'est parfaitement vrai, songea Gillian avec un petit sourire. James et elle avaient prévu de se marier aux alentours de la Noël, mais elle avait cessé d'avoir ses règles deux semaines seulement après l'annonce de leurs fiançailles, aussi avaient-ils décidé de ne pas risquer les rumeurs afin de protéger l'enfant qu'elle était certaine de porter. Il y avait eu une tempête de murmures après les premiers dîners auxquels elle avait assisté et de nombreuses ladies avaient été contrariées que James ne soit plus célibataire. Il avait trouvé la chose très amusante et bien vite, Gillian s'était détendue, une fois qu'elle avait été certaine que les rumeurs ne leur faisaient pas de mal, à lui ou à sa sœur. D'ailleurs, l'intervention de Madame Société les avait aidés, tout comme Adam et lui l'avaient espéré.

Audrey avait rédigé à propos de Gillian un article délicieux qui avait apparemment convaincu la bonne société. Les murmures à son propos tournaient plus autour du mystère qui l'auréolait, de sa beauté tranquille et de sa grâce naturelle que des spéculations quant à ses circonstances familiales. Et Gillian ne pouvait pas oublier la rapidité avec laquelle elle avait été accueillie par son demi-frère Adam et sa demi-sœur Caroline en tant que membre de leur famille.

— Je suis vraiment heureuse que vous fassiez partie de notre famille, ajouta Letty. Le jour où je vous ai rencontrée chez la modiste, j'ai eu une intuition vous concernant. La sensation d'une âme sœur.

Des larmes de joie brillèrent dans ses yeux puis elle étreignit Gillian.

— Merci ! Je n'aurais jamais imaginé gagner deux sœurs en un mois, mais je suis vraiment heureuse que nous soyons parentes à présent.

— Tout à fait d'accord ! C'est tellement plus amusant d'avoir une sœur dans la maison.

Letty la serra contre elle en souriant.

— Je dois aller retrouver mon frère. Les invités seront bientôt là.

Elle laissa à nouveau Gillian seule dans la salle à manger. Celle-ci tendit la main pour toucher les délicats pichets de porcelaine. Les motifs rouges et dorés en forme de fleurs lui rappelaient James et les longues chevauchées qu'ils aimaient faire à Hyde Park en regardant les feuilles adopter une teinte dorée. Tout autour d'elle, la vie était belle et son avenir brillait comme une étoile lumineuse dans le ciel d'hiver.

— Vous essayez de chiper un peu de gâteau ?

Le ton espiègle de James la fit sourire. Il pénétra dans le salon, très beau dans sa veste noire, son gilet et son pantalon beige. Ses yeux bruns scintillaient comme du chocolat chaud.

— J'avoue que je suis tentée. L'idée que je mange déjà pour deux est quelque peu intimidante.

Elle plaça une paume sur son ventre encore plat. Elle n'avait pas oublié l'accouchement difficile d'Horatia ni la frayeur générale. James s'approcha, passa les bras autour de sa taille et l'attira entièrement contre lui. Leurs visages n'étaient plus séparés que de quelques centimètres. Ils respirèrent à l'unisson en se regardant toujours dans les yeux.

— Nous affronterons cela ensemble. Quelles que soient vos frayeurs, je serai à votre côté.

Il murmura cette promesse d'une voix douce, mais avec la conviction d'un chevalier des temps jadis qui faisait vœu de protéger sa noble dame. Gillian avait beau insister qu'elle n'aurait jamais besoin d'être secourue, savoir qu'il se serait battu pour elle renouvelait ses forces. Elle connaissait ses propres vertus, vu qu'elle s'était débrouillée seule pendant tant d'années, mais savoir qu'elle avait un partenaire à ses côtés faisait une différence énorme. Ensemble, ils pourraient tout affronter.

— Est-ce que je vous rends vraiment heureux ? demanda-t-elle tout en jouant avec les plis de sa cravate blanche comme neige.

Elle supposait que cela prendrait un moment pour bannir la crainte de n'être pas suffisante pour lui. Une vie entière de doutes ne disparaissait pas du jour au lendemain.

Quand James lui prit la joue, elle remarqua qu'il n'avait pas de cernes.

— Je n'ai connu que de la joie depuis que je suis avec vous. Quand vous êtes là, c'est comme si je sentais le soleil sur mon visage après un hiver interminable. Vous m'avez insufflé de la *vie*. Personne n'a jamais réussi à provoquer en moi ce genre de sentiments. Nul autre nom que le vôtre ne remplira mon cœur.

Les yeux du lord brûlaient d'une intensité surprenante.

— Que dois-je faire pour vous prouver que vous êtes la seule et unique pour moi ?

Il n'aurait rien pu faire de plus. Il l'avait déjà démontré à de multiples reprises.

Gillian déglutit.

— Je n'arrive pas à croire que le destin vous ait offert à moi. Je ne mérite pas un tel cadeau.

Elle plaqua le visage contre la main de James, ferma les yeux et inspira lentement.

— Pendant très longtemps, je n'ai pas osé rêver, pas osé croire que j'aurai une vie satisfaisante, pleine de joie et d'amour. Je craignais de rester dehors pour toujours, à la fenêtre, observant à l'intérieur un monde qui ne pourrait jamais m'appartenir. Comment puis-je vous mériter, vous et tout ceci ?

Elle désignait la salle à manger à l'ameublement

raffiné, mais elle paraissait parler de beaucoup d'autres choses.

— Tout le monde mérite de l'amour et une vie confortable, dit James. Vous et moi avons simplement eu plus de chance que la plupart des gens de trouver cela ensemble.

Il baissa la tête et plaqua sur sa bouche un baiser enflammé. Elle s'imaginait pouvoir s'enivrer d'un tel goût, de ses bras qui la serraient fort et de la sensation de son cœur qui battait si près du sien. Son âme autrefois fatiguée avait été réveillée par la passion et la férocité de son amour. Elle sourit en se remémorant ce jour, un mois auparavant, quand ils avaient prononcé d'une même voix le poème de John Donne, *Le Bonjour* :

SI NOS DEUX AMOURS NE FONT QU'UN,
    Ou toi et moi aimons de façon similaire et sans relâche,
    Personne ne peut mourir.

À L'ÉPOQUE, TOUS CES MOTS AVAIENT SONNÉ VRAI… ET ILS continueraient de le faire pour toujours.

MERCI D'AVOIR LU *LE COMTE DE PEMBROKE* ! TOURNEZ LA **page pour lire le premier chapitre d'*Un secret rebelle*, l'histoire d'Audrey et de Jonathan.**

UN SECRET REBELLE

R *ègle de la Ligue numéro 17 :*
« Ne laissez jamais votre titre ou absence de titre définir qui vous êtes. »

Extrait de la *Gazette de la Lorgnette* du 9 septembre 1821, rubrique de Madame Société.

Depuis un moment, Madame Société est frustrée par les gentlemen, particulièrement ceux d'une nature espiègle. En particulier, elle adresse un regard désapprobateur à M. Saint-Laurent, le frère cadet du duc d'Essex. Ce gentleman a tenté une cruelle séduction sur une jeune dame de la haute société puis l'a repoussée quand elle a exprimé son intérêt. M. Saint-Laurent, vous ne pouvez pas jouer au chat et à la souris avec une femme qui n'est plus dans la partie. C'est terminé. Laissez cette dame tranquille, puisque vous n'avez aucun désir de l'épouser. Je vous aurai prévenu.

— Elle m'aura *prévenu* ?

Jonathan Saint-Laurent regarda le journal qu'il avait chipé à Lucien, le marquis de Rochester. Tous les deux étaient installés confortablement dans une pièce du club de Berkley. Comme toutes les semaines, ils attendaient l'arrivée de leurs amis pour boire et fumer le cigare.

Le marquis à la chevelure de feu ricana.

— Vous vous êtes attiré la colère de Madame Société. Que Dieu ait pitié de votre âme.

— En effet.

Jonathan relut la rubrique des potins mondains, s'étranglant sur chaque mot. Il n'avait pas joué au moindre jeu. Il n'y avait qu'une seule femme dans tout Londres qui aurait pu affirmer avoir été séduite... ou du moins soutenir qu'il y avait eu une tentative : Miss Audrey Sheridan, la benjamine de son ami Cédric, le vicomte Sheridan.

Jonathan avait passé sa vie tout entière dans l'idée qu'il était domestique. Jusqu'à l'année précédente, il ignorait d'ailleurs qu'il était le demi-frère du duc d'Essex. Il apprenait sa place dans le beau monde, adoptait les us d'un gentleman et faisait de son mieux pour laisser sa vie de service derrière lui... mais les ennuis lui étaient tombés dessus. Des ennuis qui portaient le nom d'Audrey.

Elle était une véritable furie. Une beauté aux cheveux sombres et à la langue acérée qui attirait les problèmes, et avoir des ennuis était la dernière chose dont il avait besoin. Toutefois, il songeait constamment à elle depuis leur première rencontre.

— Eh bien, qu'avez-vous l'intention de faire ? s'enquit Lucien qui sirotait son brandy avec un sourire amusé et sardonique.

— Que puis-je faire ? répliqua Jonathan qui roula le journal en boule. Je ne l'ai pas séduite, pas selon des critères qui comptent vraiment.

— Desquels parlez-vous ? Ceux d'un gentleman ou bien de votre situation précédente ?

Ces paroles blessèrent Jonathan.

— Je me suis comporté envers elle comme un véritable gentleman.

Lucien se rendit compte que ses paroles avaient heurté Jonathan et il se reprit.

— Je veux simplement dire qu'un malentendu s'est peut-être produit. Vous savez, les femmes ont souvent une vision différente de nous de la séduction.

— Absolument pas ! Du moins, je n'ai rien vu de tel. D'ailleurs, j'étais tout disposé à l'épouser. J'allais la demander en mariage cet après-midi-là, la dernière fois que je l'ai vue.

Plus tôt la même journée, il avait voulu lui faire sa demande, mais elle s'était enfuie avant qu'il ne puisse lui poser la question. Il avait craint qu'elle ne se fourre dans des ennuis, aussi l'avait-il suivie jusqu'à un bordel, le Jardin de Minuit, qui répondait aux besoins d'une clientèle issue de la haute société. Ayant trouvé Audrey seule dans une chambre avec un beau jeune homme, il avait perdu le contrôle et jeté l'homme hors de la pièce. Audrey et lui s'étaient disputés, chose qui menait toujours à des moments de passion brefs, mais intenses.

Il n'avait jamais rencontré de femme qui lui enflamme le sang avec un rire ou un simple sourire. Tout en elle faisait briller le monde d'une façon qu'elle n'aurait jamais crue possible.

Mais il ne l'avait pas séduite, pas comme l'avait suggéré la rubrique mondaine. Il lui avait donné un avant-goût du plaisir qui pouvait exister entre un homme et une femme qui s'aimaient et quand il la prit dans ses bras, alors que son corps tremblait des soubresauts du plaisir, il s'était perdu dans ses doux yeux bruns. La demande en mariage s'était attardée sur ses lèvres et quand *lui* avait invoqué le courage de parler, *elle* avait invoqué toute sa défiance et s'était écartée de lui. Elle l'avait abandonné et une douleur inimaginable lui avait serré le cœur. Il avait été meurtri et dérouté face aux réactions négatives de la jeune femme envers lui. Une minute, elle ronronnait dans ses bras comme un chaton et la suivante, elle était entrée dans une colère noire qui lui avait fait sentir les blessures profondes de ses piques verbales.

— Pourquoi ne lui avez-vous pas demandé ? demanda

Lucien. Vous ne devriez pas avoir peur. J'étais nerveux quand j'ai fait ma demande à Horatia alors que je n'aurais pas dû l'être.

Jonathan soupira.

— Mais Horatia est vraiment plus raisonnable que sa sœur. Audrey est...

Les mots lui échappaient.

— Sauvage ? Indomptable ? La pire des chipies ? proposa Lucien avec une lueur espiègle dans les yeux.

— Exactement, en convint Jonathan.

Elle était toutes ces choses et plus encore. Bien plus.

— Cédric approuvera, vous savez. Vous n'avez pas besoin de vous inquiéter à ce sujet. Il ne m'a même jamais témoigné autant de confiance qu'à vous.

Il y avait dans sa voix une note sensible et mélancolique qui attira l'attention de Jonathan. Les deux hommes en étaient venus aux mains à propos d'Horatia et avaient fini par s'affronter en duel le jour de Noël. Que personne n'ait été tué ce jour-là relevait du miracle.

Savoir que Cédric n'objecterait pas à la pensée qu'il épouse Audrey réconfortait Jonathan, mais c'était la lady en personne qui le préoccupait. Il avait été prévenu par un valet des Sheridan qu'Audrey était décidée à apprendre l'art de l'espionnage afin de devenir espionne. C'était ridicule ! Était-ce ceci qui avait ouvert un fossé entre eux ? Autrefois, elle lui avait témoigné de l'intérêt, mais à présent, elle semblait déterminée à n'épouser personne et elle s'impliquait dans des situations de plus en plus dangereuses.

La blessure douloureuse du rejet d'Audrey lui rappela les paroles de Lucien.

— Ce n'est pas Cédric qui m'inquiète. L'année dernière, j'étais vraiment convaincu qu'Audrey avait envie que je la courtise, mais à présent... quelque chose a changé.

Il fit courir son regard autour de la pièce, cherchant des réponses, mais conscient qu'il n'en trouverait pas.

Lucien alluma un cigare et prit une lente bouffée tout en réfléchissant.

— Parfois, les femmes sont convaincues qu'elles veulent quelque chose, mais une fois que c'est à leur portée, elles ont peur de pouvoir enfin l'obtenir.

— Mais pourquoi ?

— Seigneur, mon brave ! Si je le savais, je vous le dirais, croyez-moi.

Jonathan soupira et s'appuya contre le dossier de son siège.

— Si Madame Société dit la vérité et qu'Audrey n'a pas envie de moi, ne serait-il pas gentleman de la laisser partir ?

Lucien déposa son cigare sur un plateau et se pencha en avant. Il posa les coudes sur ses genoux tout en joignant les doigts pour réfléchir. Puis il regarda intensément Jonathan. Lucien avait à peine plus de trente ans et il avait vu et fait beaucoup de choses dans ce monde. Par comparaison, Jonathan était un garçon qui n'avait que vingt-cinq ans. Il faisait confiance aux conseils que son ami pourrait lui prodiguer.

— Je crois qu'on ne devrait pas la laisser partir. Elle a mal. Il s'est passé quelque chose et elle est en train d'abandonner. Mais *vous* ne devriez pas lâcher prise ! Horatia a agi de même avec moi. J'ai dit des choses ridicules, j'ai fait des choses encore plus ridicules, et au lieu de me le faire violemment savoir, elle s'est mise à m'éviter. Audrey se comporte peut-être comme sa sœur. J'ai vu la façon dont elle vous regarde quand elle pense que personne ne la voit. Il y a des étoiles dans ses yeux, mon garçon. Si vous la désirez, prenez-la.

Le sourire de Jonathan était triste. Il débordait d'un espoir imbécile et il le savait.

— Des étoiles dans ses yeux ?

— Elle se montre frivole en matière d'amour, mais c'est une vraie romantique. C'est le genre de femme qui sauve des chatons de la pluie, qui veut habiller et nourrir les démunis, et qui part en croisade pour ses idéaux. Je suppose qu'elle n'est pas très différente de notre Madame Société.

Il fit un geste de la main vers le journal que Jonathan tenait toujours et ses lèvres tressaillirent.

— Une telle femme mérite un champion qui se battra à ses côtés et ne trahira pas ses nobles causes. Si vous êtes cet homme-là, alors je vous dirai de la poursuivre à n'importe quel prix.

Jonathan posa le journal froissé sur la table, lissa les pages et repensa à toutes les fois où il avait rencontré Audrey. Depuis ce premier baiser dans sa chambre à Noël jusqu'à cet après-midi dans le bordel quand elle s'était abandonnée dans ses bras et l'avait touché pour la première fois de façon si intime. Après coup, elle avait été en colère, blessée et froide, mais dans ces premiers moments, alors qu'il lui avait enseigné le plaisir, il avait vu la fille qui l'avait regardé avec des étoiles dans les yeux.

— J'ai envie d'être son homme. Son héros, son rebelle, tout ce qu'elle veut que je sois.

Lucien sourit et reprit son brandy.

— Ça me fait plaisir de vous l'entendre dire !

Quand Jonathan ne bougea pas, Lucien lui donna un autre coup de botte.

— Allons, ne restez pas planté là. Allez la séduire avant qu'elle ne s'attire des ennuis supplémentaires.

Jonathan bondit hors de son siège et fit signe à un jeune domestique de s'approcher.

— Allez me chercher mon manteau et faites venir mon cheval.

— Tout de suite.

Le garçon fila. Jonathan voulut partir, mais il s'arrêta dans l'encadrement de la porte.

— Vous direz aux autres que j'ai des affaires urgentes à régler ? demanda-t-il à Lucien.

— Bien sûr. Pas besoin de leur révéler ce que vous avez prévu de faire... pas avant que la petite chipie ait la corde au cou... ou du moins ait accepté. Cédric insistera pour l'escorter jusqu'à l'autel, alors ne faites pas quelque chose de stupide comme de vous enfuir ensemble à Gretna Green.

— Bien sûr que non. Elle voudra un mariage digne de ce nom, ne serait-ce que pour avoir l'excuse d'acheter une nouvelle robe.

Jonathan pianota du bout des doigts sur l'encadrement de la porte, hésitant un moment supplémentaire avant de quitter la pièce. Oui, Audrey et ses robes... Elle était obsédée par la mode ! Il sourit légèrement en décidant que lorsqu'ils se marieraient, il remplirait une pièce entière juste avec des bonnets si elle le désirait.

Tout ce que vous voulez, mon cœur, vous l'obtiendrez... si seulement je peux vous convaincre de dire oui.

Il traversa la galerie du club. La plupart des sièges étaient occupés par des hommes en pleine lecture, quoique plusieurs gentlemen plus âgés s'étaient assoupis. Un club digne de ce nom offrait à ces hommes un refuge contre le monde, leurs épouses ou tout ce qu'ils auraient pu vouloir éviter. Jonathan n'évitait rien, mais il était encore nouveau en société et ici, au moins, il n'avait jamais l'impression d'être jugé. Il aimait la camaraderie tranquille de Berkley, particulièrement quand son demi-frère et ses amis étaient là.

Il descendit les escaliers qui menaient à la salle des cartes. La soirée était tranquille. Seules quelques tables jouaient au pharaon et au whist, mais Jonathan savait que les mises seraient élevées. Plus tôt dans l'année, Cédric, le frère aîné d'Audrey, avait remporté un duo de chevaux arabes contre un homme qui avait bien failli tuer Cédric et sa femme pour se venger.

Jonathan avait la sagesse d'éviter ces tables. Il n'avait jamais aimé parier, du moins pas avec de l'argent. Les cartes et les jeux de hasard n'avaient aucun attrait pour lui. Il avait beau posséder un petit domaine et une maison à Londres doublés d'une fortune conséquente et de revenus réguliers fournis par son demi-frère, il ne pouvait pas se forcer à risquer ne serait-ce que de petites sommes aux tables de jeu. Il avait toujours gagné son propre argent. La pensée de tout abandonner aux mains du destin était pure folie.

Une voix l'arrêta quand il atteignit le vestibule.

— M. Saint-Laurent ? Un jeune homme vêtu de la livrée des Lonsdale pénétrait par la porte d'entrée du club.

Il le reconnut. C'était Tom Linley, le valet de Charles Humphrey, le comte de Lonsdale, un autre de ses amis. Alors que la plupart des valets restaient à la maison de leurs maîtres, Linley était devenu également un compagnon pour Charles. Il le suivait partout, effectuait toutes sortes de courses pour lui et livrait des messages au besoin.

—Tom ?

Jonathan prit son manteau des mains du serviteur et se dirigea vers Linley. Le garçon ouvrait de grands yeux bleus et son front était barré d'un pli inquiet.

— J'ai de la chance de vous avoir trouvé, Monsieur. Sa Seigneurie m'a envoyé au club en avance pour vous voir. Il est à Tattersall's, mais il a reçu un message de Miss Audrey Sheridan. Normalement, je ne dévoilerais jamais le contenu d'une lettre privée...

— Mais vous sentez le besoin d'en parler à quelqu'un ?

— Pas quelqu'un... *vous*, inspira Linley. Elle... Miss Sheridan, je veux dire... Elle était censée demander à Sa Seigneurie de l'escorter jusqu'à un club peu reluisant ce soir-même, mais dans la lettre, elle lui dit qu'elle n'a plus besoin de lui.

Linley s'agita nerveusement.

— Et vous vous inquiétez ?

Jonathan enfila son manteau et ses gants d'équitation.

— Je crains qu'elle n'y aille quand même. Pardonnez-moi de parler ainsi, mais vous savez comment elle est, M. Saint-Laurent. Enthousiaste et entêtée.

— Que trop, répondit-il avec un soupir. Savez-vous où elle prévu d'aller ?

— Oui.

Linley lui tendit un bout de papier marqué d'une adresse.

— Faites attention, Milord. C'est un club clandestin, qu'on dit peuplé d'hommes mauvais. Elle ne doit pas s'y rendre toute seule.

Un club clandestin ? Cette femme était-elle folle ? Une boule de crainte se forma dans son ventre. C'était bien plus téméraire que tout ce qu'elle avait pu imaginer jusque-là. Pourquoi diable faisait-elle cela ?

— Vous avez raison. Merci, Tom.

Essayant de conserver un calme apparent malgré son cœur battant, Jonathan tapota l'épaule du garçon et s'en alla.

Il était très tôt dans la soirée et à tout instant, le reste de ses amis viendraient prendre un verre dans la salle Bombay. Les épouses de tous les hommes mariés donnaient un dîner, aussi Audrey se servirait-elle de cette soirée comme d'une excuse pour s'échapper.

Elle pense sans doute que je ne serai pas là pour découvrir qu'elle s'est à nouveau éclipsée. Je ne devrais pas être surpris, vraiment pas...

Il avait pourtant espéré que leur entrevue de l'après-midi l'aurait retenue de s'engager dans d'autres aventures, du moins pendant quelques jours. À présent, il se doutait que cela n'avait fait que l'encourager. Il trouva son cheval qui l'attendait et retourna chez lui sur Half Moon Street. Son majordome la salua chaleureusement, mais se ravisa en avisant l'air sombre de son maître.

— Puis-je faire quelque chose pour vous aider, Monsieur ? demanda M. Leigh.

— Appelez un fiacre. J'ai besoin de me rendre tout de suite dans le quartier de Temple Bar.

— Tout de suite.

M. Leigh sortit de la maison et Jonathan se dirigea vers sa chambre à coucher. Louis, son valet, polissait une paire de bottes. Quand Jonathan entra, il se redressa de son siège près du feu et s'inclina.

— Bonsoir, Louis. J'ai besoin d'une chemise, d'un gilet et d'un pantalon. Entièrement noirs.

— *Entièrement* noirs ? demanda le jeune homme qui inclina la tête avec étonnement.

— Oui.

Il voyait que l'autre homme avait d'autres questions au bord des lèvres, mais heureusement, le valet ne dit rien de plus. Jonathan n'avait aucun désir de révéler à quiconque que ce soir, il infiltrerait un club clandestin. Cela dit, sa mission n'était toujours pas claire... Il découvrirait quoi faire une fois qu'il parviendrait sur les lieux. Il ouvrit le tiroir de sa commode et en retira un pistolet, une habitude qu'il avait adoptée après que plusieurs de ses amis se soient retrouvés dans des situations périlleuses au cours de l'année précédente. Il aurait été sage de le prendre ce soir au cas où il aurait des ennuis ce qui, vu l'implication d'Audrey, était quasiment une certitude.

Une fois habillé, il se précipita au rez-de-chaussée et sauta dans le fiacre qui l'attendait. Quand la calèche atteignit le quartier de Temple Bar, il paya le cocher et passa rapidement devant le magasin de thé de Twinning's et les juridictions de seconde instance. Il trouva la demeure qui correspondait à l'adresse que Linley lui avait donnée et il regarda autour de lui, attendant qu'une opportunité se présente. Il ne serait pas capable d'entrer facilement, pas par la porte d'entrée. Les membres du club se tiendraient certainement prêts, avec des mots de passe secrets et d'autres bêtises pour empêcher les intrus d'entrer.

Il se glissa dans la ruelle entre la maison et le bâtiment suivant, et trouva l'entrée des domestiques. Il aurait parié que cette porte ne serait pas verrouillée. Refermant les doigts autour de la poignée, il l'ouvrit doucement pour révéler une cuisine. Une cuisinière trapue vêtue d'un tablier graisseux remuait le contenu d'une casserole fumante avec une immense louche.

— Satané chat, marmonnait-elle. Pourquoi ces lords en costume en ont-ils besoin ? Pas pour attraper des rats, si vous voulez mon avis.

Jonathan secoua la tête et essaya de se glisser derrière la cuisinière sans se faire voir. Elle s'arrêta de touiller et s'essuya le front avant de se redresser pour partir. Il était presque parvenu à la porte qui menait au reste de la maison quand elle le repéra.

— Hé ! Qu'est-ce que vous faites là ?

Il s'immobilisa et se tourna vers le visage renfrogné de la cuisinière.

— Il est tard et j'ai peur qu'ils ne me laissent pas entrer. Je me suis dit que si je passais par les cuisines...

Seigneur, faites que cela fonctionne.

La cuisinière lui sourit de toutes ses dents.

— Vous êtes nouveau, non ? Vous êtes plus mignon que les autres. Ces cheveux pâles, ces yeux verts... Je parie que ces dames se pâment, n'est-ce pas ?

— Oui, parfois.

Il déglutit, priant pour qu'elle se laisse prendre à son mensonge. Heureusement, elle avait l'air de l'apprécier. Sa beauté avait toujours été un atout. Même les anciennes maîtresses de son frère aîné avaient voulu coucher avec lui, ce que Jonathan n'avait jamais osé lui révéler : le duc d'Essex avait un uppercut droit percutant.

— Alors, allez-y. Vous ne devez pas arriver en retard pour le souper. Vous allez avoir besoin de ceci.

La cuisinière se pencha et ouvrit le placard près du poêle et en retira un masque sur lequel était peint le visage du diable. Il n'exposait que le bout de son nez, sa bouche et son menton. C'était un déguisement parfait.

— Merci.

— Vous pouvez me remercier par un baiser, suggéra la cuisinière en battant des cils dans sa direction.

— Plus tard, je vous promets, lui offrit-il plutôt avec un sourire canaille.

— Pas si vite. Je veux me faire payer tout de suite.

Elle tint le masque hors de sa portée.

— Très bien, Tentatrice.

Il se pencha pour déposer un baiser rapide sur sa joue, mais elle se déplaça et lui agrippa la cravate, tirant son visage vers elle et pressant leurs lèvres ensemble.

Surpris, il eut un mouvement de recul et lui arracha prestement le masque avant qu'elle ne puisse exiger d'autres baisers. Elle lui adressa un clin d'œil puis il se détourna et s'essuya discrètement la bouche sur la manche de son manteau.

Seigneur, Audrey, j'espère que vous en valez la peine.

Il savait pourtant bien que oui. Elle méritait tous les sacrifices du monde.

Il enfila son masque et sortit dans le couloir. Un groupe d'hommes se tenait dans le vestibule. Ils s'enivraient. Tous portaient du noir et des demi-masques comme le sien. Il regarda autour de lui, le cœur battant alors qu'il cherchait Audrey du regard, mais la pièce ne contenait que des hommes. Où était-elle ? Il pouvait peut-être s'éclipser et fouiller le reste de la maison ?

Une voix tonitruante leur provint du haut du grand escalier.

— Bienvenue, gentlemen.

Jonathan se réfugia derrière les hommes qui buvaient alors qu'il étudiait l'individu qui descendait les escaliers pour venir les rejoindre.

— Le Seigneur de la Luxure vous accueille à notre fête satanique de ce soir.

L'homme tenait un chat noir dans ses bras. Apeuré et furieux, le chat plaquait les oreilles contre sa tête, mais il ne griffait pas et ne crachait pas comme Jonathan s'y serait attendu. L'homme qui le tenait, le soi-disant Seigneur de la Luxure, avait une voix familière, mais il n'arrivait pas à la reconnaître.

— Langley... dit un homme saoul d'une voix traînante. Avez-vous enfin trouvé cette Madame Société ? Vous aviez promis que...

L'homme eut un hoquet.

— J'aimerais retrousser ses jupes et...

Le Seigneur de la Luxure siffla.

— Seigneur du Vin, nul besoin de vous rappeler que nous devons nous appeler par nos péchés, pas par nos véritables noms. L'anonymat doit être préservé.

Le Seigneur du Vin ricana.

— Ah... oui. Eh bien, l'avez-vous trouvée, Luxure ?

L'homme soupira. Il sentait clairement que son entrée théâtrale était gâchée.

— Oui.

Langley... Jonathan connaissait ce nom. Gérald Langley était un imbécile ridicule, mais dangereux qui avait récemment été montré du doigt en public pour sa cruauté et sa vilenie.

Et la femme qui avait traîné son nom dans la boue était Madame Société.

— Alors où est-elle ? demanda un autre homme.

— Elle arrive. Je lui ai fait parvenir une invitation irrésistible. Elle croit bêtement qu'elle aura la main sur nous. Pour le moment, je suggère que nous nous installions tous dans la salle à manger pour boire en attendant son arrivée.

Le groupe d'hommes entra dans un salon à la décoration macabre et ils s'installèrent à table. Des douzaines de bougies étaient allumées et leur cire dégoulinait, apportant une atmosphère gothique à toute l'affaire. Le « Seigneur de la Luxure » s'assit et le chat noir siffla puis bondit de la table avant de s'enfuir dans le couloir.

— Satané chat !

Langley poussa un juron et se versa un verre de vin. Il s'appuya contre le dossier de sa chaise et observa le reste des fidèles avec un léger sourire aux lèvres. Quand les autres le rejoignirent, Jonathan prit un verre et en but une petite gorgée pour tenter de s'intégrer. Pourquoi Audrey se trouvait-elle dans un endroit pareil ? Elle n'avait quand même pas reçu pour mission d'épier ces individus ? Ils n'étaient pas dangereux, du moins pas pour la Couronne. Certains clubs clandestins étaient connus pour causer des problèmes et inciter la violence dans les rues – des émeutes mêmes –, mais de toute évidence, le club de Langley n'était qu'une excuse pour que les hommes s'adonnent à la débauche.

Pourquoi Audrey avait-elle choisi cet endroit ? Soudain, cela le frappa. C'était Madame Société que Langley avait attirée ici ce soir ! Cette chroniqueuse notoire qui avait dévasté avec sa plume ceux qui, selon elle, le méritaient.

Si Audrey était l'amie de Madame Société, cela expliquerait tout de l'article de ce jour-là. Il avait envie de rugir. Une fois qu'il l'aurait trouvée, il la placerait en sécurité loin de ces hommes puis lui donnerait une bonne fessée. Enfin, il la serrerait contre lui et pousserait un soupir de soulagement.

La porte de la salle à manger s'ouvrit et le majordome fit entrer un nouvel homme. Il avait quelque chose de familier. Il s'avançait la tête haute et le dos droit, une posture qui parlait d'une noblesse transmise par une lignée ancienne. Il ne ressemblait absolument pas aux hommes attablés, ces bandits malpolis et insensibles qui portaient beau, mais n'avaient pas la moindre goutte de noblesse. Il garda un œil sur l'homme, essayant de déchiffrer cette impression de familiarité.

L'homme sourit à certains des membres qui étaient occupés à raconter des blagues débauchées. Malgré son sourire visiblement forcé, Jonathan le reconnut enfin, du moins le croyait-il. Était-ce James Fordyce, le marquis de Pembroke ? Il n'était quand même pas membre ? Il était trop intelligent pour cela et c'était un homme bon, trop bon. C'était un ami de la Ligue des Rebelles qui l'avaient jugé bien trop gentil et chevaleresque pour lui proposer de les rejoindre. Ils ne l'avaient quand même pas aussi mal jugé ? Jonathan l'appréciait profondément et ses instincts ne le trompaient généralement pas.

Alors pourquoi James se trouvait-il ici ? Cet homme — si c'était bien lui — vint les rejoindre et s'assit en face de lui. Ils s'échangèrent un bref regard, mais ne se dirent rien.

— Messieurs !

L'exclamation de Langley coupa court aux histoires et aux rires. Comme le reste des hommes, Jonathan se tourna vers leur hôte. Se découpant devant le feu ardent dans l'âtre, l'individu jouait à la perfection son rôle d'adorateur satanique, et il semblait que même le Seigneur du Vin entrait dans l'ambiance. Il se redressa et les lumières des bougies dansèrent sur le visage étrange qui décorait son masque. Jonathan en frissonna de dégoût.

— Ce soir, nous vous avons préparé un festin. Comme je l'ai mentionné lors de notre dernière réunion, nous avons plusieurs invitées *spéciales*, des dames que vous connaissez bien.

Langley marqua un temps d'arrêt pour permettre aux hommes de ricaner à une plaisanterie qui leur était personnelle. La cruauté dans la voix de Langley crispa Jonathan. *Je vous en prie, faites qu'Audrey soit en sécurité à la maison... ou n'importe où sauf ici.*

Langley poursuivit.

— Elles souhaitent à nouveau se mêler aux forces du mal. Nous avons en prime deux jeunes beautés vierges délicieuses qui se sont gentiment portées volontaires pour assouvir notre désir de sang d'innocentes.

Jonathan se pencha en avant sur son siège, essayant de réprimer l'envie de bondir et de se précipiter hors de la pièce. Il voulait simplement retrouver Audrey et s'assurer qu'elle soit en sécurité, loin de ces saligauds.

Son voisin de table lui enfonça son coude dans les côtes.

— J'aimerais bien cueillir ce fruit mûr. Pas vous ?

Jonathan émit un son bourru et espéra que les hommes présument qu'il était d'accord, même si toute cette histoire le rendait malade. *Volontaires.* Il trouvait cela très improbable. Si une chose comptait pour lui, c'était le droit d'une femme de choisir ses amants. Cette nuit compterait probablement une série de viols. Qui que ces femmes soient, elles n'étaient pas en sécurité.

Je vous en prie, faites qu'Audrey ne compte pas parmi elles. Faites qu'elle soit restée à la maison.

— Êtes-vous prêts ? demanda Langley avec un sourire sombre à peine visible sous le bord de son masque.

Les hommes présents poussèrent des vivats et des sifflements quand les portes de la salle à manger s'ouvrirent et laissèrent entrer six dames. Elles s'assirent aux places libres entre les hommes attablés.

Langley s'éclaircit la gorge.

— Mes amis, en tant que Seigneur de la Luxure, laissez-moi vous présenter nos invitées. La Lady du Péché, la Lady de la Nuit, la Lady du Désir Défendu et la Lady de la Chambre à coucher.

Jonathan étudia les femmes de près au fil du catalogue. Mais quand il atteignit les deux dernières, il en eut le souffle coupé. Une femme dans une robe rouge et une autre en violet étaient assises côte à côte. Elles portaient des demi-masques qui découvraient suffisamment leurs visages pour qu'il les reconnaisse. La dame en violet était Gillian Beaumont, la fidèle amie et suivante d'Audrey. Et la diablesse dans la robe rouge était...

— Audrey.

Il prononça le nom à haute voix, mais si doucement que personne ne l'entendit.

Par l'enfer ! Elle était venue, après tout... avec Gillian.

Il faudrait qu'il les secoure toutes les deux et ce soir, le sort ne leur était pas vraiment favorable.

Il décocha un bref regard à James Fordyce. Il avait une intuition concernant sa présence et il espérait ne pas se tromper. Mais même si James l'aidait dans cette mission-sauvetage, ils restaient terriblement en sous-nombre.

— Pour couronner le tout, une invitée de marque se trouve parmi nous. Vous souvenez-vous de la plume acérée et empoisonnée de cette reine des salopes qui s'est donné le nom de Madame Société ? cracha Langley.

Le corps de Jonathan se tendit quand les hommes qui l'entouraient frappèrent du poing sur la table. Audrey sursauta et Jonathan vit les muscles de sa gorge se contracter alors qu'elle essayait de rester calme.

— Eh bien, ce soir, j'ai créé le piège parfait et j'ai attiré Madame Société en personne jusqu'à ma porte. L'autre soir, j'ai laissé échapper pendant un bal que nous nous retrouverions ce soir et qu'elle ne voudrait certainement pas manquer les événements.

Le visage d'Audrey perdit de sa couleur et elle entrouvrit les lèvres. Jonathan eut un éclair de compréhension et la regarda avec horreur. Audrey n'était pas là pour aider son amie, Madame Société.

Elle est Madame Société.

Cela signifiait-il que tout ce qu'elle lui avait dit dans cette rubrique était vrai ? Qu'il devait la laisser tranquille, qu'elle n'avait pas envie de lui ?

Un profond sentiment de honte menaçait de lui

couper le souffle, mais il se raccrocha à sa résolution. Pour le moment, il devait se concentrer sur son sauvetage. Peu importait ce qu'elle ressentait pour lui ; cela ne l'empêcherait pas de faire ce qui était juste.

Les conséquences des croisades de Madame Société la rattrapaient enfin. Et maintenant, elle allait signer leur perte.

À PROPOS DE L'AUTEUR

Auteure à succès reconnue par USA Today, LAUREN SMITH vit dans l'Oklahoma. Avocate le jour, elle écrit la nuit des histoires d'amour aventureuses à la lumière de son smartphone. Elle a su qu'elle était destinée à écrire de la romance lorsqu'elle a tenté de réécrire l'intégralité du film Titanic juste pour sauver Jack de la noyade. Elle aime toucher ses lecteurs avec des romances émouvantes, réalistes et coquines se déroulant à différentes périodes historiques. Elle a remporté de nombreux prix dans plusieurs catégories de romance, notamment le New England Reader's Choice Awards et le Greater Detroit BookSeller's Best Awards. Elle a été quart-de-finaliste de l'Amazon.com Breakthrough Novel Award et demi-finaliste du Mary Wollstonecraft Shelley Award.

Pour entrer en contact avec Lauren, rendez-vous sur son site www.laurensmithbooks.com ou sur son compte Twitter @LSmithAuthor.